하나보다 가벼운
둘이 되었습니다

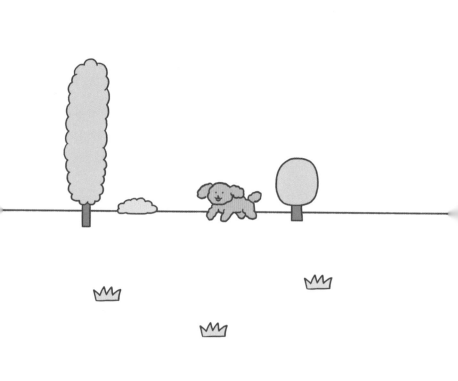

하나보다 가벼운
둘이 되었습니다

비울수록 애틋한 미니멀 부부 라이프

에린남 글·그림

arte

목차

1장

변화의 시작

호주, 미니멀리스트 부부의 탄생

2장

우리의 방식
한국, 서로 닮아가는 시간

3장

둘이서 매일 조그맣게
이 시국의 부부

4장

가볍고 행복한

지속 가능한 사랑을 위하여

뜻밖의 해결책

이른 아침 알람 소리에 눈을 뜬다. 내 옆에는 한 남자가 곤히 잠들어 있다. 남편이다. 지금으로부터 5년 전, 우리는 함께하는 밝은 미래를 꿈꾸며 결혼을 했다. 결혼에 대해 딱히 생각해 본 적은 없었지만 남편을 만나고부터는 결혼에 대해 자주 생각하게 됐다. 함께 보내는 시간이 쌓이면 쌓일수록 이 남자와 함께 앞으로의 삶을 살아가면 좋겠다는 생각이 커져갔다. 이 남자와 함께라면 어떤 고난도, 문제도 모두 헤쳐나갈 수 있을 것 같은 기대감이 생겼다. 내 앞에 펼쳐진 시간들이 즐겁고 재밌을 거라는 믿음이 생겼다. 믿음은 단단한 마음이 되고, 단단한 마음은 확신이 되었다. 우리는 결혼을 했고, 평생을 약속했다.

결혼을 선택하면서 나에게 많은 변화가 생겼다. 호주에서 살게 되었고, 집 안에서보다 집 밖에서 보내는 시간을 좋아하던 내가 주부가 되었다. 그뿐만이 아니었다. 아내가 되었고, 동시에 며느리도 되었다. 내 몸 하나 제대로 챙기지 못하던 나는 한순간에 여러 역할을 해내야 하는 사람이 되었다. 공부하고 일하느라 고생하는 남편 대신에 나는 서툰 솜씨로 집안을 꾸려나갔다. 누군가 살림을 돌봐야 했고, 그게 내 몫인 것 같았다. 집안일을 하고 먹을 것을 고민하고 청소를 했고 빨래를 했다. 남편도 손을 보탰지만 집 안에서 일어나는 일마다 주도권은 내 손에 쥐여 있었다. 원한 적도 없고 원하지도 않는 것이었다. 혼란의 시작이었다.

시간이 지나면 괜찮아질 거라고 낙관했는데 1년이 지나고, 2년이 지났을 때도 어느 것 하나 익숙해지지 않았다. 많은 시간을 보내는 집 안에서 나는 매일 내가 해야 하는 일들에 둘러싸여 있었고, 그 일들을 해내는 데에 나의 온 시간을 썼다. 즐겁지 않았다. 당연히 재미도 없었다. 짜증이 늘었고, 별거 아닌 일에 예민하게 굴며 신경질을 부렸다. 내 몸과 마음, 머릿속이 조금씩 곪아갔다.

자주 울적했다. 기분이 좋은 날도 행복한 날도 있었지만 울적한 감정이 때마다 찾아왔다. 아무래도 내 안에 무슨 문제가 일어난 게 분명했다. 하지만 나의 울적함이 어디서부터 시작됐는지, 원인이 무엇인지 알 수가 없었다. 남편도 이런 내 상황을 눈치챘고, 대화를 통해 해결책을 찾아보려 했지만 아무런 소득 없이 대화가 끝나곤 했다. 그렇게 아무것도 해결하지 못한 채, 시간이 흐르는 대로 매일을 보냈다.

이유도 모르면서 가끔씩은 내 탓을 했다. 내가 집안일을 잘 못해서, 이 작은 집을 제대로 꾸려갈 살림 솜씨가 없어서, 그러면서 잘 하려고 노력조차 하지 않아서 생긴 일이라며 나를 괴롭혔다. 별다른 선택권이 없던 나는 결국 내게 주어진 일들을 잘 해내려고 애썼다. 하지만 살림 실력은 아무리 노력해도 발전하지 않았다. 요령이 없어 더 힘들었다. 일상도 힘들게 느껴졌다. 나아가서는 행복하기만을 바랐던 결혼 생활도 힘들게 느껴졌다.

종종 남편에게 결혼 생활이 힘들다고 말했다. 솔직히 결혼 생활이 힘든 건지 집안일이 힘든 건지 알 수 없었지만 결혼하면서부터 시작된 문제라서 결혼 생활 때문이라고 말해버렸다. 그렇지만 이대로 결혼 생활을 끝내려는 생각은 아니었다. 마음의 돌파구를 찾고 싶었다. 여전히 남편을 사랑했기 때문에 이 상황을 하루 빨리 헤쳐나가 행복하게 살고 싶었다.

　　그러다 결혼 3년 차가 되던 해에 집안일이 귀찮다는 이유로 집 안을 가득 채우고 있던 물건들을 줄이기 시작했다. 물건이 줄어들면 집안일도 줄어들 거라는 기대 때문이었다. 단순히 집안일을 줄이기 위해 시작한 일이었지만, 이 변화는 우리의 소중한 결혼 생활에 큰 영향을 끼쳤다. 물건을 줄이자 집안일이 수월해졌다. 실제로 집안일의 양도 기대 이상으로 줄었다. 청소도 설거지도 전에 비하면 짧은 시간 안에 해낼 수 있었다. 물건이 적은 집에서는 정리 정돈할 시간도 많이 필요하지 않았다.

집 안을 비우며 나는 내가 어떤 사람인지 알게 됐다. 누구보다 스스로를 잘 안다고 생각했는데 착각이었다. 내가 알고 있던 내 모습은 일부에 불과했다. 나는 물건을 하나씩 들여다보면서 나에게 필요한지 필요 없는지 스스로에게 물으며 집 안을 비워나갔다. 처음으로 진지하게 내 삶과 일상을 제대로 마주하고 들여다보는 시간을 갖게 되었다. 지나온 시간들과 지금의 물건들과 집 안의 상태로 내가 어떤 것을 좋아하는지, 어떤 삶을 살기를 바라는지 깨닫게 됐다.

물건을 줄이며 생긴 집 안의 빈 공간처럼 내 마음에도 조금씩 빈 공간이 생겨났다. 그 자리는 나를 오래도록 떠나 있던 여유가 차지했다. 여유로운 마음을 가진 후에, 그제야 우리가 함께하는 삶을 위해 치열한 시간을 보내고 있던 또 다른 사람, 남편이 보였다. 나만 힘든 줄 알았던 내가 창피해졌다. 우리 두 사람 모두 우리의 행복과 안정을 위해 최선을 다해 지금을 살아가고 있었다.

복잡하던 머리와 마음이 조금씩 정리되기 시작했다. 엉망이었던 것들이 하나씩 차근차근 정돈되며 적당한 자리를 찾아갔다. 무겁고 버겁게만 느껴지던 내 삶이 가볍게 느껴졌고, 일상이 단순해졌다. 마음속을 채우고 있던 문제도 집 안을 채웠던 물건과 함께 사라졌다. 곪아있던 상처들이 회복된 후로 나는 자주 행복한 사람이 되었고, 우리는 자주 웃었다. 집안일이 귀찮아서 선택한 미니멀리즘은 우리에게 뜻밖의 해결책이 되어주었다. 우리는 지금 택한 삶의 방식에 만족하며 계속 이렇게 살면 좋겠다는 마음으로 줄이는 삶을 이어오고 있다.

1장

변화의 시작

호주, 미니멀리스트 부부의 탄생

함께 비우기

물건을 처음 줄이기 시작했던 날을 기억한다. 남편은 출근을 했고, 평소처럼 나는 집에 혼자 있었다. 우연히 미니멀리스트가 나오는 영상 하나를 보게 되었다. 그때 나는 결혼 생활을 힘들게 만드는 집안일로 스트레스를 받고 있던 상황이었다. 영상을 보자마자 가진 물건을 줄이면 집안일에서 조금은 해방될 수 있을 거라는 생각이 들었다. 그때 나는 어떤 고민도 없이 미니멀리스트가 되기로 결심했다.

나는 곧바로 '비우기'를 실행했다. 당시에는 집 안에 물건이 쌓이는 게 너무도 당연했기 때문에 쌓여가는 물건에 딱히 불만이 없었다. 하지만 비우겠다는 결심을 가지고 둘러본 집은 쓸모없는 물건들이 가득하고 답답한 공간처럼 보였다. 앉아있던 자리에서 일어나 눈에 보이는 안 쓰는 물건들을 거침없이 꺼내 거실 중간에 모아두었다. 물건을 찾고 옮기는 일이 쉽지는 않았지만 일종의 활력과 설렘이 느껴졌다. 그 맛에 쉬지도 않고 계속 집 안을 돌아다니며 '비우기'를 위한 물건을 찾았다.

처음에는 내 물건들, 그다음에는 나와 남편이 함께 쓰는 물건들, 마지막으로 남편의 물건들을 살폈는데, 비울 물건을 찾는 기준은 같았다. 나에게, 우리에게, 남편에게 필요 없는 것을 찾아내려고 했다. 남편이 지난 1년간 사용하지 않은 것이나, 이 집에 이사 온 뒤 2년 반 동안 한 번도 쓰지 않은 물건들이 눈에 보였다. 남편과 많은 시간을 함께 보냈기 때문에 남편이 사용하지 않는 물건쯤은 잘 알고 있었다. 그렇게 한참 동안 물건을 꺼내다 보니 거실 한가운데에 물건이 꽤 쌓였다. 이것들을 치우면 집 안이 깨끗해질 거라는 기대감에 또다시 설렜다. 마음 같아서는 당장이라도 내다 버리고 싶었지만, 남편과 의논할 시간이 필요했다. 여기는 나 혼자 사는 집이 아니고, 비우기 위해 모아둔 물건이 전부 내 것은 아니었기 때문이었다.

몇 시간 뒤에 남편이 퇴근해 집에 왔다. 남편은 문을 열자마자 펼쳐진 광경에 당황한 듯했다. 무슨 상황인지 알아차리지 못하는 것 같았다. 나는 남편이 어느 때보다 반가웠다. 빨리 상황을 설명하고 남편과 함께 '비우기'를 하고 싶어서 마음이 급했다. 남편에게 잘 다녀왔냐며 아주 짧게 인사를 하고 오늘 하루 나에게 일어난 일을 브리핑했다. 남편은 가방만 겨우 내려두고 내가 이끄는 대로 여기저기 끌려다니며 내 이야기를 들었다.

나는 주섬주섬 물건들을 하나씩 꺼내 보여주면서 이 물건이 '비우기'를 위한 물건이 된 이유에 대해 설명했다. 한쪽에 모아둔 남편의 물건을 보여줄 때는 긴장하기도 했다. 남편이 자기 물건이 비워지는 것을 달가워하지 않을 수도 있었기 때문이다. 남편이 원하지 않는다면 당연히 남편의 물건을 다시 제자리로 되돌려 둘 생각이었지만, 이왕이면 함께하면 좋겠다는 이기적인 욕심을 가졌다. 자기 물건을 뒤적거리던 남편은 그 물건들을 버려도 괜찮다고 말했다. 나는 그제야 안도의 한숨을 내쉬었다. 남편도 이렇게 '비우기'에 동참해 주었다.

♥

하지만 남편은 나처럼 하루 만에 큰 고민이나 생각 없이 미니멀리스트가 되지는 않았다. 남편이 미니멀리스트로 살겠다는 결심을 한 것은 시간이 조금 지난 이후였다. 남편은 물건이 줄어들면서 전에는 갖지 못한 상쾌한 기분을 자주 느꼈고, 우리 생활도 조금 더 수월하게 느꼈다고 한다. 늘어져 있는 물건이 없으니 집 안이 쉽게 지저분해지지 않아서 좋다고 말하는 남편은 이제 나보다 더 잘 비워내는 사람이 되었다. 지금까지도 집 안에 물건이 늘지 않도록 감시하는 역할을 하며 우리의 정돈된 일상을 지켜가고 있다.

이 책의 원고를 쓰는 내내, 줄이는 삶을 시작한 직후부터 지금까지 우리에게 일어난 일이나 생각들에 대해 남편과 많은 이야기를 나누었다. 그러면서 새로운 사실 몇 가지를 알게 되었다. 남편도 내가 미니멀리스트가 되겠다고 선언한 그날을 또렷하게 기억하고 있었다. 집에 돌아왔을 때 무슨 일이 생긴 줄 알고 깜짝 놀랐고, 거실 한가운데에 물건이 널브러져 있는 게 낯설었다고 했다. 남편은 미니멀리즘에 대해 이해하지 못한 상황에서도 내 말을 듣고 선뜻 '비우기'에 동참했지만, 사실은 그 일이 쉽지만은 않았다고 했다. 당시에는 왜 비워야 하는지 이해하기도 어려웠고, 그게 어떤 변화를 가져다줄지도 예상할 수 없었으니 말이다. 어느 정도 예상한 반응이었지만, 그 말에 나는 놀라기도 했다. 내 눈에는 남편이 흔쾌히 '비우기'를 함께한 것처럼 보였는데!

♥

　남편은 물건을 사는 것보다 돈을 모으는 것을 더 좋아하는 사람이다. 방 안에 쌓이는 물건보다 통장에 쌓이는 돈을 보는 것을 더 좋아했다. 새로운 물건에 큰 관심도 없었다. 하지만 가지고 있는 물건에는 집착이 있었다(가진 물건의 양이 많지도 않았다). 새로운 물건을 쉽게 사지 않으니 이미 가진 물건에 대한 애착과 약간의 집착이 있었다. 그래서인지 굳이 비울 필요가 없다고 생각했던 것이다.

　하지만 남편은 '비우기'에 흥미를 보이고 즐거워하는 나를 보니 물건을 줄이는 것이 좋고 나쁘다는 판단은 중요하지 않다고 느꼈다. 달라지려는 시도 자체가 나에게 긍정적인 변화를 가져다줄 것 같아서 당황한 마음을 꾹 참으며 흔쾌히 승낙하고 '비우기'에 참여한 것이다. 나에게 좋은 영향을 주면 좋겠다고 생각했고, 나의 사기를 떨어뜨리고 싶지 않아서 굳이 자기 생각을 입 밖으로 꺼내지 않았다. 남편은 '비우기'가 내가 해결하지 못하고 있던 내 문제를 해결할 하나의 돌파구처럼 느껴져서 나의 결정과 변화를 지켜보기로 한 것이다. 내가 달라지는 것, 내가 기분 좋아지

는 것에 자신이 조금이라도 보탬이 될 수 있어서 좋았다고
했다.

♥

결론적으로는 '비우기'는 우리에게 잘 된 일이었지만,
나는 남편의 말을 듣고 나서 한참 동안 그 시절의 나에 대
해 생각했다. 내 생각, 내 감정, 내 상황에만 집중했던 나날.
부부로 사는 것에 익숙하지 못했던 탓이라고 애써 나를 달
래본다. 우리에게 찾아온 반가운 변화는 남편이 나를 이해
해 주었기 때문에 가능했다. 그렇지 않았다면 지금의 우리
로 살아가지 못했을 수도 있다. 그렇게 생각하니 등골이 오
싹해졌다.

신발을 고르는 마음

우리는 틈만 나면 사용하지 않는 물건들을 거실로 꺼냈다. '비우기'를 하면 할수록 줄여야 할 물건의 양은 조금씩 줄어갔지만, 어쩐 일인지 그 작은 집에서 계속해서 줄일 물건이 나왔다. 비울 물건이 어느 정도 모이면 박스에 넣어 며칠간 그대로 두고 어느 정도 물건과 헤어지는 시간을 가졌다. 이제는 미련 없이 보내도 괜찮겠다 싶을 때 기부 센터에 가져가거나 중고 물건을 파는 커뮤니티에 매물로 올렸다. 나는 호주 한인들이 활동하는 카페 웹사이트에, 남편은 페이스북과 이베이에 물건들을 올려두었다.

우리는 중고 판매로 생기는 현금에서 소소한 기쁨을 얻었다. 가지고 있는 동안 물건은 우리가 쓴 돈으로 여겨졌지만, 그 물건을 팔고 나니 반대로 돈을 번 느낌이 들었다. 남편은 그 맛에 자기 물건들에 가졌던 집착도 내려두고 처분할 물건들을 찾아냈다. 남편에게는 3년간 쓰지 않은 노트북이 있었는데, 쓰는 데는 문제가 없지만 다른 노트북을 쓰느라 오랜 시간 방치되고 있었다. 다른 물건들을 줄여가다 보니 오랜 시간 처분을 미뤄왔던 노트북도 중고 판매를 위한 목표물이 되었다. 노트북은 올리자마자 예약이 체결되었고, 늦은 저녁 한 대학생이 우리 집에 찾아와 구입해 갔다. 노트북을 구입한 돈보다 훨씬 적은 돈이 손에 쥐어졌지만, 우리는 안 쓰는 물건을 처분해서 좋고, 노트북을 사간 사람은 필요한 물건을 저렴하게 얻어서 좋았을 것이다. 남편이 좋아하는 모습을 보니 괜히 뿌듯하고 기뻤다.

♥

　　남편의 물건이지만 오히려 나만 미련을 갖는 물건도 있다. 내가 남편에게 사준 신발들이다. 나는 예쁜 운동화를 좋아하지만 내가 예쁘다고 느끼는 운동화들은 나와 어울리지 않거나 발이 너무 커 보여서 못 살 때가 많았다. 나는 어릴 적부터 발이 큰 게 콤플렉스여서 운동화를 갖고 싶어도 발이 커 보이면 사지 않는 나름의 쇼핑 철학을 가지고 있다. 그래서 내 욕구를 남편을 통해 해소하며 만족하고 싶었다.

하지만 대리만족도 쉬운 일은 아니었다. 내가 신기고 싶은 신발은 여러 개인데 남편은 자꾸 자기 발은 두 개라고, 이미 가진 것으로도 충분하다고 말했다. 미니멀리스트가 되기 전에도 그렇게 말하곤 했다. 나는 억지로 신발을 사주고 싶지는 않았기 때문에 남편 신발이 다 닳아서 새 신발을 사야하는 날을 고대했다. 남편의 입에서 신발을 사야겠다는 말이 흘러나왔을 때, 나는 기다렸다는 듯이 남편을 쇼핑몰에 데려갔다. 신발 가게를 돌아다니면서 예쁜 신발을 남편에게 신겨보았다. 남편은 편안함을 추구했지만, 안타깝게도 내 눈에 예뻐 보이는 신발은 하나같이 조금 불편했다. 나는 신발이 예쁘고 발이 작아 보인다면 불편해도 상관없는 사람이라서 이해할 수는 없었지만, 남편의 발이 신발의 주인이 될 것이니 남편이 불편하다고 하면 조용히 신발을 제자리에 가져다 두었다. 아무것도 사지 못하고 빈손으로 돌아오면 분했다. 이 마음이 진짜 남편을 위한 건지, 나를 위한 건지 헷갈릴 때도 있었다.

언젠가는 남편도 내가 골라온 운동화가 마음에 든다고

했다. 나는 기쁘고 행복한 마음으로 신발값을 지불했다. 내가 신지는 못하지만 저 운동화를 매일 볼 수 있다는 게 좋았다. 하지만 새로 산 예쁜 운동화를 남편은 잘 신지 않았다. 남편은 조곤조곤 불편한 부분을 나에게 설명했다. 처음 신어봤을 때는 편했는데 신다 보니 불편하다는 이유였다.

그래도 남편은 나를 위해 종종 그 운동화를 신어주었다. 나와 데이트 나갈 때 몇 번, 그것도 많이 걸을 것 같은 날에는 신발장 앞에서 한참을 고민했다. 나를 위한 예쁜 운동화일까, 본인 발이 편한 운동화일까. 남편은 편한 것을 택했다. 발 아픈 운동화를 억지로 신고 나가라하는 이상하고 못된 요구까지는 하지 않았다. 그저 1년이 지나도 깨끗한 운동화들이 아깝게 느껴졌을 뿐이다.

결국 깨끗한 채로 신발장에서 자리만 지키던 운동화들도 '비우기' 대상이 됐다. 깨끗하고 상태도 좋으니 운동화는 금세 팔려나갔다. 아주 조금, 정말 아주 조금 아까운 마음에 속이 쓰려왔지만, 나는 그 경험을 통해 또 한 번 다른 마음을 갖게 됐다. 남편 물건을 살 때는 내 기준이 아닌 남편의 기준으로, 남편을 위한 것을 사겠다고 말이다. 원래 그게 당연한 일이지만…….

남편이 다시 운동화를 바꿔야 할 때가 되었을 때, 드디어 기회가 찾아왔음을 느꼈다. 나는 쇼핑몰에 있는 신발 가게들을 꼼꼼히 둘러보고 남편이 편안하게 느낄 운동화를 찾으려고 노력했다. 쿠션이 적당하고, 발을 조이지도 않고, 어느 옷에나 무난하게 어울리는 그런 신발을 찾아서 남편에게로 가져갔다. 남편이 내가 가져온 신발이 편하고 마음에 든다고 했을 때 너무도 기뻤다. 아내로서 한 단계 나아간 것 같은 기분이 들었다. 남편은 그 신발에 너무 만족해서 같은 신발만 세 켤레째 신고 있다. 남편이 좋아하는 것을 보니 내가 좋아하는 신발을 신은 모습을 보는 것보다 훨씬 좋다.

다른 사람이 무슨 상관이야
우리가 괜찮으면 된 거지

한가한 오후, 집 앞 쇼핑몰에 갔다. 혼자서 여기저기 돌아다니며 구경을 하다가 마트에서 장을 보고 돌아오는 일정이었다. 구경하던 매장을 나와 신나게 다른 매장으로 가보려는 찰나에 신고 있던 플립플롭이 벗겨졌다. 벗겨진 신발 한 짝을 다시 신으려고 보니 발가락을 거는 부분이 끊어져 있었다. 쇼핑몰 한복판에서 신발이 끊어져서 당황했지만 차분하게 망가진 신발을 들어 올려 만지작거렸다. 오래 신어서 끊어진 거라 살릴 수 없을 것 같았다. 신발 한 짝을 근처에 있는 쓰레기통에 버렸다.

새로운 신발을 사려면 건너편 건물로 가서 한 층 내려가야 했다. 나는 한쪽 발에는 신발을 신고, 한쪽 발은 맨발인 채로 플립플롭을 파는 매장으로 향했다. 바닷가 근처가 아닌 곳에서 맨발로 걸어본 적이 없었기에 창피함이 몰려왔다. 누가 날 보면 어쩌지, 이상한 사람이라고 생각하면 어쩌지 하는 쓸데없는 생각이 잠깐 들었다. 그러다 지금 내가 어디에 있는지를 떠올렸다. '아 맞다. 여기 호주지?' 나는 아무 일 없는 것처럼 뚜벅뚜벅 걸어갔다. 차가운 바닥이 피부로 느껴질 때마다 내 한쪽 발이 맨발이라는 사실을 인지하면서.

150미터쯤 되는 거리를 맨발(정확하게는 한쪽은 신발을 신은 발, 한쪽은 맨발)로 걸어가서 신발을 사는 그 순간까지 내 모습을 이상하게 바라보는 사람은 없었다. 놀랍게도 그 쇼핑몰에 있는 많은 사람이 나에게는 어떤 관심도 주지 않았다. 호주에서는 맨발로 다니는 게 그리 이상한 일이 아니기 때문이다. 바닷가나 물놀이를 하는 곳이 아닌 시드니 시내 중심에서도 맨발로 돌아다니는 사람들을 쉽게 발견할 수 있다. 그들은 발바닥이 새까맣게 지저분해진 채로 지하철을 타고 버스를 타고 횡단보도를 건넌다. 맨발로 다니는 사람을 신경 쓰는 사람도 나밖에 없었다. 다른 사람을 신경 쓰지 않고, 모두 각자 갈 길을 갔다.

♥

　내가 경험한 호주와 거기 살던 사람들은 남의 눈을 의식하지 않고 자신들이 편한 것을 택했다. 봄부터 겨울까지 사계절이 있는 나라임에도 계절과 상관없이 입고 싶은 옷을 입었다. 한겨울에 반팔, 반바지를 입고 플립플롭을 신거나 맨발로 다니는 사람들을 보면서 걱정하는 사람은 나뿐이었다. 다른 사람들은 크게 상관하지도, 쓸데없이 걱정을 하거나 참견하지도 않았다. 그런 환경 속에서 나도 다른 사람의 시선을 신경 쓰지 않는 사람이 되었고, 조금씩 자유로워졌다. 누군가에게 잘 보이기보다 내가 입고 싶은 대로 입고, 시도해 보지 않았던 새로운 옷에 도전했다(그렇게 아무 옷이나 사다 보니 옷장이 꽉 차는 지경이 되어 나중에 골치가 아프기도 했지만). 자유로운 기분을 자주 느꼈다. 자연스럽게 나도 다른 사람을 편견과 고정관념으로 바라보지 않게 됐다. 어쩌면 이 시간들의 영향으로 미니멀리스트가 되는 일도 큰 거부감 없이 쉽게 받아들였는지도 모른다.

　남편의 영향도 컸다. 호주에서 오랫동안 살아온 남편은 내가 어떤 옷을 입든, 내가 어떤 모습이든 크게 상관하지 않았다. 입어줬으면 하는 옷이 있긴 했지만 내가 어떤 스타

일로만 옷을 입기를 바라거나, 그런 바람을 말로 요구하지도 않았다. 만약 남편이 남에게 보이는 것을 중요하게 생각하거나 내가 입고 다니는 것에 관여했다면, 우리들의 미니멀라이프가 순탄하지만은 않았을 거다.

사실 나는 남편과 달리, 남편의 난해한 패션에 학을 뗀 적이 몇 번 있다. 그때의 나는 지금과 달라서 남편이 다른 사람 시선을 신경 쓰지 않고 자유롭게 입는 옷이 마음에 들지 않았다. 연애할 때만 해도 크게 참견하지는 않았지만, 결혼을 하자마자 나는 남편이 가져온 옷을 정리했다. 내 눈에 심하게 거슬리는 옷 한두 가지는 입지 않았으면 좋겠다고 남편에게 말했다. 그 한두 개는 곧바로 버렸고, 나머지는 옷장 한편에 입지 않고 몇 년간 방치했다가 우리 둘 다 미니멀리스트가 됐을 때 과감하게 정리했다.

♥

다른 사람의 시선은 중요하지 않다는 생각이 많은 자유를 가져다준다. 다른 사람들에게 향했던 시선은 자연스럽게 우리를 향했고, 우리 자신에게 더 집중하게 했다. 지금은 나와 우리에 대해서 더 자주 생각한다. 그렇게 나는 더욱 나다워지고, 남편은 더욱 남편다워진다. ·

생활에 맞게 가진다

　한국으로 이사 가는 날이 정해진 뒤에 한국에 가져가기 어려운 물건들을 하나씩 처분했다. 가구나 가전 같이 커다란 물건들은 호주에서 다 정리하고, 옷과 신발 등 우리에게 필요한 물건만을 챙겨 가기로 했다. 식탁과 의자, 소파, TV, 세탁기, 밥솥, 프린터, 수납장 등 커다란 물건들이 하루에 한 번꼴로 집 안에서 정리되어 나가고 있었다. 세탁실이 허전해졌고 안방에는 덩그러니 침대만 남았다. 남겨진 물건들을 수납장 대신 정리해 둘 목적으로 가지고 있던 캐리어 3개를 펼쳐 그 안에 넣었다. 나는 이상하게도 이 수납이 매력적으로 느껴졌다. 제대로 정리가 되지는 않지만 어딘가 여행을 온 것 같은 설레는 기분으로 하루하루를 보낼 수 있었다.

한국에 가는 날이 2주 앞으로 다가왔을 때부터는 생활에 필요한 최소한의 물건으로만 지내게 되었다. 그 기간 동안 불편함도 많았지만, 우리는 아직도 그때의 시간을 잊지 못한다. 텅 비어있지만 쾌적해서 개운한 느낌을 잔뜩 주었던 시간들이었다. 우리는 그 과정을 겪으면서 앞으로의 생활에서 우리에게 절실하게 필요한 것과 필요하지 않은 것들에 대해서 다시 한번 생각하게 됐다. 꼭 필요한 것에 대해서는 그 존재가 고맙게까지 느껴졌다. 냉장고와 세탁기, 소파, TV와 같은 편리함과 휴식, 좋은 시간을 내어주는 물건들이었다.

♥

전기밥솥 없이 살아도 괜찮다는 것을 깨닫게 된 것도 그때의 시간들 덕분이었다. 밥솥 관리가 생각보다 귀찮다는 것을 살림하면서 처음 느꼈다. 잘 사용하려면 부속품 교체도 필요하고 그에 대한 값을 또 지불해야 한다. 게다가 밥솥은 씻을 게 많다. 깨끗하게 닦고 싶어도 닦아내기 어려운 부분도 있다. 관리하는 데 드는 시간도 많고 번거롭다. 나는 당장의 편리함보다 사용한 뒤를 더 자주 생각하는 사람이 됐다. 그래서 선택한 것이 냄비밥이었다.

전기밥솥을 팔기 전부터 냄비밥에 관심이 생겼다. 냄비는 시간을 내어 관리할 필요가 없다는 게 이유였다. 냄비밥을 연습하기 위해 종종 냄비에 밥을 지어 먹었다. 쌀만 잘 불려놓으면 밥맛도 전기밥솥으로 하는 밥과 크게 다르지 않았다. 전기밥솥을 쓰면 밥을 많이 하게 돼서 항상 남았는데, 냄비로 먹을 만큼만 짓게 되니 버려지는 밥이 없어서 좋았다. 밥 짓는 시간에 긴장을 늦출 수는 없지만 그 시간도 오래 걸리지 않고, 보온하느라 소비되는 전기도 절약할 수 있었다.

한때는 가마솥에 꽂혔던 적이 있다. 예능프로를 보다가 가마솥으로 밥도 짓고, 음식도 하고, 뚜껑을 팬으로 활용할 수도 있는 것을 알았다. 물건 하나가 여러 쓰임을 하는 게 좋아 보였다. 하지만 가마솥 자체는 그렇다 쳐도 가마솥에 불을 피우는 것도, 가마솥을 관리하기 위해 기름칠을 하는 것도 쉬운 일이 아니라는 이야기에 그 생각은 금세 잦아들었다. 지금은 가마솥의 로망을 작은 스테인리스 밥솥으로 채웠다. 이모가 안 쓴다고 엄마에게 주었다가, 엄마도 쓸 일이 없다고 해서 나에게 온 것이었다. 가족 구성원이 더 늘어난다면 이 작은 밥솥으로는 어림없겠지만 지

금 우리에게는 잘 맞다. 우리 집에는 전기밥솥도, 전자레인지도, 토스트기나 에어프라이어도 없다. 이것들이 없는 생활이 불편할 것 같아도 오히려 생활이 더 단순해지고 가벼워져서 이제는 관리가 필요 없는 물건이 더 편리하게 느껴진다.

♥

반면에 지금 우리의 생활에서 없으면 조금 곤란한 물건도 있다. 세탁 건조기다. 한국으로 이사 올 때 동생이 운영하던 헤어숍에서 1년 정도 사용하던 세탁기와 건조기를 저렴하게 구입하게 됐다. 처음에는 건조기를 집에 들일 생각을 한 적이 없어서 조금 걱정했다. 부피가 커서 부담스럽기도 했고, 이사 갈 때마다 이전 설치비가 들고 선기세도 많이 나온다는 흉흉한 소식들을 듣고 두려움이 앞서기도 했다. 하지만 써본 적도 없으면서, 써보기도 전에 지레 겁먹을 필요는 없었다. 만약, 아주 만약 건조기를 써보니 우리와 맞지 않으면 다시 중고로 팔거나 필요한 사람에게 주면 됐다. 서비스 센터에 전화를 걸어 건조기를 설치했더니 베란다 한쪽 벽면이 세탁기와 건조기로 꽉 차버렸다. 첫 사용을 앞두고 수건을 건조기에 말리면 보송해져서 좋다는 이야기, 잘못하면 건조기에 넣은 옷이 줄어들 수도 있다는 이야기들이 떠올랐다. 기대 반 걱정 반이었다.

　결과적으로 우리는 1년 넘게 건조기를 아주 잘 사용하고 있다. 지금 우리 상황에 큰 도움이 되어주기 때문이다. 우리 집은 작은방과 큰방 겸 거실이 하나 있는 복도식 아파트로, 크기가 작은 편이다. 빨래를 넣어두려면 베란다에 건조대를 두고 사용해야 하는데, 비 오는 날이나 해가 잘 들지 않는 시간에는 베란다에 널어둔 빨래가 잘 마르지 않는다. 만약 건조기가 없었다면 작은 집 안을 건조대가 하루 종일 차지하고 있었을 거다. 덕분에 작은 집은 빨래의 수분으로 눅눅해졌을 거고, 보일러를 틀어 집 안을 건조하게 만들어야 할 수도 있다.

　또 다른 이유도 있다. 우리 둘 다 가진 옷이 적어서 널어둔 옷이 마르지 않는다면 입을 옷이 없어진다. 내일 당장 입어야 하는 옷이 마르지 않은 채 베란다에 있다면 꽤 곤란해진다. 마당이 있어서 빨래를 해로 바싹 말릴 수 있거나, 집이 크고 넓어서 집 안 어딘가에 건조대를 두어도 생활에 불편함이 없다면 건조기가 없어도 상관없을 것 같지만, 지금 우리 상황에서 건조기는 꼭 필요한 존재가 되어버렸다.

　최소한의 물건으로 살려고 하지만 그럼에도 꼭 필요한 물건들이 있다. 예전에는 필요한 것과 필요하지 않은 것의 기준도 애매했고, 다른 사람의 말에 흔들리기도 했다. 하지만 이제는 우리의 생활을 우리 스스로가 누구보다 잘 알고, 우리만의 생활 철학도 생겨서 쉽게 흔들리지 않는다. 그렇게 우리는 계속해서 우리에게 맞는 생활과 소비를 하려고 한다.

2장

우리의 방식

한국, 서로 닮아가는 시간

옷에 구멍이 날 때까지
입겠다는 사람과 산다

남편을 이해할 수 없던 나였다. 남편은 돈이 있는데 쓰지 않았고, 분명 입을 옷이 없는데도 새로 사지 않았다. 돈은 쓰라고 있는 거고, 옷은 안 입어도 잔뜩 사두는 것이 아니었던가? 우리 둘은 경제관념도 소비성향도 달랐다. 하지만 서로를 바꾸려고 하지 않았다. 오랫동안 쌓아온 단단한 가치관은 누구도 쉽게 부술 수 없다는 것을 몇 번의 경험으로 알았기 때문이다. 상황과 때에 따라 적당히 맞출 뿐이었다.

서로를 이해할 수 없던 시간을 뒤로하고 우리가 마음을 한데 모을 수 있었던 것은 미니멀 라이프 덕이었다. 미니멀

라이프를 시작하면서 나는 내가 가지고 있던 마음과 생각을 바꿔야 한다는 것을 알게 되었다. 세상이 조금은 다르게 보였고 이해할 수 없었던 남편과 나는 한결 가까워져 있었다. 나는 돈이 있어도 쓰지 않고, 옷이 없어도 사지 않는 사람이 되었다.

우리의 옷장은 전과 달리 홀쭉해졌다. 옷장 안에 있는 옷은 마음에 드는 옷이거나 각자에게 잘 어울리는 옷이었다. 이 정도면 충분히 비워졌지만 인간의 욕심은 끝이 없고, 옷장을 더 홀쭉하게, 만들고 싶은 마음이 생긴다. 전에는 더 채우고 싶어 안달이었는데 지금은 습관처럼 입지 않는 옷, '비우기'가 필요한 옷이 있는지 옷장을 둘러본다.

더 이상 비워낼 것 없는 내 옷장에서 시선을 돌려 남편의 옷장을 살펴본다. 몇 개의 티셔츠를 열심히 돌려 입은 탓에 그중 한두 개가 조금 낡았다. 이럴 때는 엄마 마음이 되어 '이런 옷을 입고 나가면 남들이 어떻게 생각할까?' 하는 괜한 걱정을 한다. 남편은 남들이 뭐라 하든 정말 단 1초도 신경 쓰지 않는 사람인데, 쓸데없이 아내인 내가 신경을 쓴다. 아무래도 헌 옷들을 버리고 새 옷을 사는 편이 좋겠다 싶어 남편을 불러 내 생각을 말했다. 낡은 옷은 버리고 오랜만에 쇼핑을 하자고. 남편은 옷장 앞에서 자기 옷들을 쓱

훑었다. 그리고 나에게 말했다.

"왜 아직 멀쩡한데! 구멍 날 때까지 입을 거야!"

예전의 나라면 남편의 그 말을 한껏 비웃었을지도 모른다. 옷에 구멍이 날 때까지 입는 게 말이 되냐면서. 하지만 이제는 우리가 쉽게 얻는 옷이 쉽게 만들어지지 않다는 것을, 가볍게 처분한 옷들의 마지막이 그다지 유쾌하지 않다는 것을 안다. 나는 남편의 말을 가볍게 여길 수 없었다.

그동안 내가 가졌던 옷들을 떠올려본다. 그중에 구멍이 나서 처분한 옷이 얼마나 있었던가. 패턴과 소재는 마음에 드는데 디자인이 별로여서 리폼하려다가 아예 쓰지 못하게 만들었던 옷 몇 개 정도만 기억날 뿐, 구멍이 나서 버렸던 적은 없었다. 더 이상 입을 수 없을 것 같다 여겼던 옷들도 약간의 해짐이 있을 뿐이었다. 나는 마음 한구석에 앞으로는 옷에 구멍이 날 때까지 옷을 입겠다는 작은 마음을 새겨두었다.

그러던 얼마 후 내 옷에서 구멍을 발견했다. 2014년에 호주에서 샀던 물방울무늬 잠옷 원피스였다. 몇 년을 쉴 새 없이 입다 보니 작은 구멍들이 여기저기 송송 생겨났다. 이렇게 오래 입어야 겨우 작은 구멍이 생긴다는 걸 알게 되었다.

옷뿐 아니라 내가 가진 많은 것들에게도 '구멍이 날 때까지'를 붙여본다. 다음 타깃은 신발이었다. 나는 캔버스 천으로 만들어진 단화를 좋아했다. 구멍이 날 때까지 오래 신을 생각은 추호도 없었지만 캔버스 단화는 생명력이 짧아서 1년 정도 신으면 자기 몫을 다하고 떠났다. 잘 신었다는 뿌듯함보다 벌써 바꿔야 한다는 아쉬움이 컸다.

하지만 이번 타깃은 가죽으로 만들어진 하얀색 운동화였다. 4년 전쯤 구입했지만 여러 가지 이유로 자주 신지 않아서 연식에 비해 멀쩡한 운동화였다. 몇 번이나 중고로 팔거나 버릴까 생각했었는데 남편의 말을 떠올리며 한번 구멍이 날 때까지 신어보기로 했다. 그 이후 거의 매일 빠짐없이 이 운동화를 신었다. 찬바람이 불 때쯤 구멍으로 바람이 새어 들어오는 것이 느껴지더니 신발 양 귀퉁이에 손가락이 들어갈 만큼 커다란 구멍이 생겼다. 그제서야 몫을 다한 신발을 아쉬움 없이 보내줄 수 있게 되었다.

새 신발을 사기 전까지는 당분간 구멍이 난 운동화를 신어야 했는데, 때마침 찾아온 엄마가 현관에 있던 구멍 난 신발을 보게 되었다. 엄마는 내 헌 신발을 보자마자 슬픈 표정을 지어 보였다.

"아휴, 신발이 이게 뭐야."

나는 자랑스럽게 엄마에게 내가 목표를 달성했음을 알렸지만 엄마 눈에는 그저 안쓰러워 보였나 보다. 나는 내 뿌듯함을 이해하지 못하는 엄마를 이해하지만 엄마는 나를 이해하지 못했다. 엄마는 내 말을 들은 체도 하지 않고 나도 남편도 새 신발을 사주겠다고 했다(남편 신발도 많이 해져서 같이 신발을 고르던 중이었다). 몇 번을 거절했지만 우리는 고집 센 엄마를 이길 수 없었다. 엄마가 준 돈으로 신발 두 켤레를 샀다. 영광의 흔적이 담긴 헌 신발은 버려졌다.

♥

얼마 전에는 양말에 생긴 구멍을 어설픈 바느질로 꿰매 보았다. 직접 양말을 꿰매본 것은 살면서 처음 있는 일이었다. 내 손으로 양말의 생명을 연장했다는 사실에 약간의 성취감을 느꼈다면 내가 조금 이상한 걸까? 내 선택과 행동이 다른 누군가의 눈에는 조금 궁상스럽게 느껴질지도 모른다. 경제력이나 집안 사정을 의심할 수도 있다. 하지만 나는 내가 가진 물건에 최선을 다했다는 생각에 뿌듯함을 느꼈다. 조금 성장한 것 같은 기분은 덤이었다.

남편과 나는 그렇게 가진 것들의 마지막까지 함께하기로 한다. 가지고 있는 모든 물건의 마지막을 함께하겠다면 그건 욕심일 거다. 다른 사람과 나눌 수 있는 것은 너그럽게 나누고 우리가 감당할 수 있는 만큼은 최선을 다해보자고 다짐한다. 남들이 어떻게 생각할지 걱정하지 않으려고 한다. 나도 이제 남편처럼 남들의 말에 신경 쓰지 않는 사람이 되어가고 있다.

남동생과
남편의 물물교환

    겨울이 반 정도 지났을 때 옷장 정리를 했다. 나갈 일이 줄어서인지 한 번도 입지 않은 옷이 꽤 보인다. 그중에서도 내 시선을 끈 옷은 올 겨울 단 한 번도 입지 않은 남편의 더플코트(일명 '떡볶이 코트')였다. 옷장 안에 가지런히 걸려있는 남편의 더플코트를 한참 들여다보니, 상태는 괜찮았지만 왠지 입을 것 같지 않았다. 4년 전에 이 코트를 샀을 때만 해도 이건 남편이 가진 유일한 코트였다. 귀여운 디자인이라서 남편과도 잘 어울렸는데 남편에게 다른 코트가 생기는 바람에 옷장에서 자리만 지키게 되었다. 남편에게 새로 생긴 코트는 남동생이 입지 않는다고 꺼내두었던 울 코트였다. 그 코트를 발견한 내가 남편이 입으면 좋겠다고 생각해 집으로 가져왔는데 다행히 남편도 마음에 들어 했다. 남편은 조금 꾸며 입는 날에는 언제나 그 울 코트를 입었다. 그러면서 더플코트는 잊히게 되었다.

이번 겨울에 입지 않았다면 내년에도 입지 않을 확률이 높으니 정리하는 게 맞다고 생각했지만, 남편의 옷이니까 남편에게 먼저 물어보기로 했다. 그때 마침 남편이 코트를 빤히 바라보고 있는 나를 수상하게 여기면서 다가왔다. 그리고 더플코트를 앞으로도 입지 않을 것 같다고, 옷장에서 꺼내 정리해야 할 것 같다고 말했다. 옷에 구멍이 날 때까지 입는 사람이지만 입지 않을 옷에는 확실한 태도를 보였다.

코트는 원단이 흐물거리는 곳이나 해진 곳도 없이 전체적으로 좋은 상태였다. 한동안 옷장에 있었지만 코트 자체는 깨끗한 편이었다. 해가 가득 드는 날이면 겨울 외투들을 베란다에 걸어두고 햇빛 샤워를 해준 덕에 냄새도 나지 않았다. 다만 입었던 시간만큼 섬유 보풀이 이곳저곳에 올라와 있었다. 보풀만 제거하면 새것처럼 보일 것 같은데 집에 보풀 제거기가 없었다. 보풀이 잘 올라오는 겨울옷 관리를 위해서 하나쯤 장만할까 하는 생각이 들었다. 그러나 옷을 팔기 위해 보풀 제거기를 구입하는 것이 현명한 소비 같지는 않았다. 옷장에는 보풀이 잘 생기는 니트류가 얼마 있지도 않다. 하지만 옷을 기부하거나 중고 거래로 판매한다 해도 보풀이 일어나 있는 상태로 내놓기는 조금 그랬다. 어떻게든 보풀을 제거하고 싶어서 고민하던 중에 손톱깎이 세트 안에 든 작은 가위가 생각났다. 눈썹을 정리할 용도로 만들어진 가위가 코트 위에 있는 보풀을 제거하기에 좋을 것 같았다. 나는 작은 가위를 꺼내 코트 위 보풀을 하나씩 정리했다.

처음에는 이게 뭐하는 짓인가 싶었다. 이 옷이 내 집중력과 노동력을 들인 만큼의 가치가 있을지 의심스러웠다. 남편 옷이니까 남편에게 가위질을 시켜야 하나 고민하기도 했다. 하지만 이상한 오기가 생겨서 이왕 시작한 김에 끝을 보자는 심정으로 코트 위 보풀을 한 땀 한 땀 제거했다.

사람은 역시 적응의 동물이다. 하다 보니 실력이 붙어서 제법 빨리 손을 움직이게 됐다. 어느새 팔 한쪽이 깔끔해졌고, 보풀을 자른 부분만큼은 새 코트가 됐다. 갑자기 옷이 예뻐 보여서 보풀 제거를 하다 말고 남편에게 입혀본다. 깔끔한 모습으로 변신한 코트를 입어보면 다시 관심이 생길 수도 있지 않을까? 남편이 코트를 입고 거울 앞에 섰다. 남편은 단호하게 입지 않을 것 같다고 말했다.

그 와중에 나의 소유욕이 발동해서 입고 있던 잠옷을 벗어두고 평소에 잘 입는 청바지와 함께 입어보았다. 나쁘지는 않았지만, 옆에서 보던 남편은 내가 입지 않을 게 분명하다고 했다. 나도 100퍼센트 확신할 수 없는 마음이라 우선 보풀 제거를 다 해두고 결정하기로 한다. 기부를 하든, 중고로 팔든, 내가 입든 보풀은 없애야 하니까.

힘은 들었지만 온전히 보풀을 잘라내는 데에만 집중했던 고요한 그 시간이 꽤 매력 있었다. 어느덧 코트에 보풀은 깨끗하게 사라졌다. 보풀 제거기에서 나는 시끄러운 소리 없이, 새로운 소비 없이 오롯이 나의 손과 노동으로 이뤄낸 결과물이 꽤나 만족스러웠다.

깨끗해진 코트를 입고 거울 앞에 섰지만, 남편 말대로 나는 이 코트를 입지 않을 것 같다. 노동으로 정신이 다소 맑아진 걸까. 초록색과 남색이 섞인 체크무늬 코트는 예뻤지만 나와는 어울리지 않는 색이었다. 옷장 안에 있는 내 코트로 시선을 옮겼다. 친구에게 얼마 전 구입한 밝은 색 코트인데, 이 코트를 입었을 때와 남편의 더플코트를 입었을 때 얼굴빛이 달랐다. 퍼스널컬러가 정확히 뭔지는 모르지만, 이 어두운 색 코트를 입으면 기분이 그다지 좋을 것 같지 않았다. 깨끗한 모습으로 탈바꿈했으니 다른 누군가

가 입으면 좋겠다는 마음으로 저렴한 가격에 중고 거래 어
플에 올려둔다.

♥

그때, 며칠 뒤 우리 집에 오기로 한 남동생에게서 연락
이 왔다. 왜 남동생을 떠올리지 못했을까. 남동생에게 코
트 사진을 보내면서 혹시 이 코트를 입을 생각이 있냐고 물
어봤다. 사진을 본 남동생은 주말에 우리 집에 와서 입어
보겠다고 했다. 나는 우선 중고 거래 어플에 올려둔 매물
을 내리고 코트를 옷장 안에 잘 두었다. 주말이 되어 우리
집에 온 남동생에게 코트를 입혀보았다. 남동생은 마음에
들지만 크기가 조금 작은 것 같다고 했다. 하지만 코트 자
체는 좋아 보인다고 말했다. 보풀을 제거하길 잘했다. 잠
시 고민하던 남동생이 이 코트를 여자 친구에게 가져다주
겠다고 했다. 남동생의 여자 친구는 작고 마른 편이지만 큰
옷을 입는 것을 좋아한다고 했다. 좋은 소식이었다.

코트를 챙겨 가기로 한 남동생이 이번에는 종이봉투
를 꺼내 왔다. 얼마 전에 산 바지인데 어울리는 신발이 없
어서 안 입을 것 같다고, 남편에게 입어보라며 건넸다. 남
편과 남동생은 신장이 같고 허리둘레도 제법 비슷하다. 남
편은 기쁜 마음으로 나이 많은 처남이 준 바지를 들고 곧장

방으로 들어가 입어봤다. 다행히 남동생이 가져온 바지가 남편에게 잘 맞았고, 남편의 마음에도 들었다. 두툼한 겨울 바지가 있으면 좋겠다고 생각만 하던 차에 생긴 바지였다.

옷장은 옷 한 벌만큼 비워졌고, 그만큼 다시 채워졌다. 남동생은 남편이 입던 코트를 가져갔고, 남편은 남동생이 입던 코트를 입는다. 서로 코트를 바꿔 입는 데에 불편함이 없다. 흔한 물물교환 현장일 뿐인데 왜 마음이 따뜻해지는 거지?

서로 다른 의견 앞에서
다투지 않는 법

내가 가진 모든 물건이 들어있는 짐 가방을 들고 훌쩍 떠날 수 있는 삶을 동경하던 시기가 있었다. 그런 삶을 살기 위해서는 침대나 소파 같은 큰 가구가 없어야 할 것 같아서 아무것도 없는 집을 꿈꿨다. 그런 집에서 일상을 보내면 어떨까 생각하면서, 가진 짐을 조금 더 가볍게 줄이고 싶다는 마음을 품었다.

종종 나는 남편에게 아무것도 없는 집에 대한 마음을 내비쳤다. 하지만 남편은 언제나 강경한 태도를 보였다. 잠을 잘 때는 편해야 하니까 편안한 침대가 필요하다고 했고, 언제든 앉아 쉴 수 있는 소파가 꼭 필요하다고 했다. 소파에 앉았을 때 높이나 쿠션감까지도 중요하게 생각하는 사람이었다.

나의 작은 마음은 남편의 단단하고 강한 의견에 쉽게 사그라들지만 가끔은 그 마음이 삐죽해지기도 한다. 한번은 남편 몰래 상상했다. 각자가 원하는 물건들을 가지고 바로 옆집에 이웃처럼 사는 모습을. 밥 먹을 때는 내가 사는 집에 왔다가, 잘 때는 다시 남편 집에 가서 자는 두 집 살림을 하면 어떨까? 각자 자기 공간을 원하는 대로 채울 수 있으니 의견 충돌 없이 사이좋게 지낼 수 있을 것 같다.

수많은 상상과 생각들이 내게 머물렀다 떠나갔지만 남편의 생각은 여전히 굳건하다. 맥없이 흐물거리던 나의 생각도 많이 정돈되었다. 아무것도 없는 빈 공간보다는 내가 가진 물건들과 공간의 활용도에 더 집중하는 삶을 살아가고 싶다. 나는 매일 푹신한 침대에서 일곱 시간을 자고, 소파 위에서 많은 일을 한다. 소파 위에서 보내는 시간 중 가장 좋은 시간은 책을 읽거나 뜨개질을 하는 시간이다. 남편은 소파를 구입할 때 적당히 단단하고 푹신한 것을 위주로 골랐는데, 그때는 '뭘 그렇게까지 까탈스럽게 구나' 싶었지만 이제는 남편의 예민하고 깐깐한 소비에 고마움을 느낀다. 그 덕분에 나도 편안한 시간을 보내고 있기 때문이다.

솔직히 말하면 나는 가구를 볼 때 중요하게 여기는 조건이 없다. 정말 말도 안 되게 이상하거나 촌스럽게 생긴 물건이 아니라면 대부분 괜찮다. 나는 아무 데서나 잘 자고, 아무 데서나 잘 눕고 앉는다. 그래서 가구를 고를 때는 더더욱 남편의 의견에 따랐다. 물론 새로운 물건을 집으로 들일 때마다 두 사람이 머리를 맞대어 오랜 고민을 하지만, 남편이 중요하게 여기는 부분에 중점을 두었다.

내 취향도 빼놓을 수는 없었다. 나는 귀엽고 포근하고 아기자기한 것들을 좋아하는 나의 취향이 집 안 여기저기에 조금씩은 묻어나길 바랐다. 이전에는 피규어나 장식품들이 그 역할을 해주었지만 그런 장식품은 우리 집에서 오래전에 자취를 감췄다. 지금은 이불이나 커튼 같은 패브릭에서 나의 취향을 마구마구 표출하고 있다.

청소가 쉽지 않은 블라인드보다는 커튼이 더 좋다. 전에 살던 집에는 창문마다 블라인드가 달려있었는데 처음에는 멋스러운 매력이 좋았지만 살다 보니 청소가 쉽지 않았다. 마음먹고 청소한다고 해도 하루 뒤면 다시 뽀얗게 먼지가 쌓이는 걸 보고 다음에 살 집에는 무조건 커튼을 달겠다고 정해두었다.

커튼은 사랑스러운 매력이 있다. 바람에 따라 커튼이 살

랑거리는 것도 좋다. 먼지가 많아 지저분해졌을 때는 달아 놓은 커튼을 떼어내 세탁기에 넣기만 하면 되고, 새로운 것으로 바꾸기도 쉽다. 커튼은 면 소재에 질리지 않는 매력적인 무늬가 있는 것을 좋아한다. 지금 우리 집 작은방에 있는 체크무늬 커튼과 거실에 있는 꽃 자수가 놓인 커튼은 직접 원단을 사서 만든 것이다. 시중에도 예쁜 커튼이 널렸지만 특별히 마음에 끌리는 것이 없어서 굳이 원단을 샀다. 남편이 그 원단을 커튼으로 만들어주었다.

남편이 다녔던 호주 학교에서는 수업 시간에 재봉틀이나 목공을 배웠다고 했다. 친정에서 놀고 있던 재봉틀을 빌려와 남편 앞에 대령했다. 남편은 오래전 기억을 서서히 깨워가며 조금씩 재봉틀을 움직였고 베란다에 있는 하얀색 커튼까지 모두 여섯 폭의 커튼을 만들어냈다. 굉장한 노동력과 시간을 들인 만큼 커튼에 대한 애정은 1년이 지난 지금도 깊은 상태다. 마음에 쏙 드는 원단을 사길 잘했고, 재봉틀을 쓸 줄 아는 남자와 결혼하길 잘했다(이런 능력이 있는지 몰랐지만!).

이불도 내 마음에 드는 것으로 골랐다. 작은 꽃무늬가 여러 색으로 그려진 귀여운 이불이다. 재질이나 안에 들어간 충전재를 꼼꼼히 보지 않고 눈대중으로 따뜻하게 덮을

만한 예쁜 것을 골랐는데 생각보다 사용감이 좋았다. 무늬가 은은해서 질리지도 않는다. 앞으로 더 오래오래 쓰고 싶은 마음이 드는 이불이다.

♥

마음 같아서는 온 집 안에 패브릭을 걸어두고 싶었지만 남편이 허락해주지 않았다. 내가 천을 들고 다니며 자로 길이를 재고 있으면 귀신같이 알아차렸다. 작은 집이라 패브릭으로 가려놓으면 답답해 보인다는 이유였다. 남편이 내게 반기를 들면 곧바로 나도 그에 반하는 의견을 내고 싶지만 남편은 맞는 말을 골라 하는 편이다. 이번에도 남편 말이 맞았다. 작은 집은 가리기보다 열어두는 편이 보기에도 넓어 보이고 공간도 넓게 사용할 수 있다. 객관적으로 보면 맞는 말인데 나는 왜 열이 받을까.

각자 생각을 조금씩 양보하면서 고르게 되니 물건을 사는 문제로 다투는 일은 없다. 미니멀리스트 부부가 되어 끊임없는 '비우기' 과정을 통해 수많은 대화를 나눴기 때문이다. 시행착오를 겪으며 우리 앞을 막아서는 문제들을 결국에는 해결할 수 있게 됐다. 우리는 이제 말하지 않아도 각자가 원하는 것을 잘 안다. 새로운 문제가 나타나더라도 걱정하지 않는다. 서로의 의견을 듣고 조금이라도 아쉬움이 새어 나오는 의견이 있다면 결정을 미루거나 없던 일로 만든다. 당장은 아쉬운 마음이 들지도 모르지만 결국은 두 사람을 위한 선택일 거라고, 우리는 믿고 있다.

매주 장보기

꽉 차있던 냉장고가 금세 비워졌다. 텅 빈 냉장고는 우리가 장을 본 지 일주일이 다 되어간다는 증거다. 우리는 일주일에 한 번 장을 보러 간다. 매번 구입하는 품목도 정해져 있고 쓰는 비용도 비슷하다. 호주에서 장을 볼 때는 80달러에서 최대 120달러가 들었다. 스테이크용 소고기 안심을 사거나 과일을 마음껏 먹을 정도로 산다면 제법 값이 많이 나온다. 그걸로 세끼를 해결하고 남편의 점심 도시락도 만들었다. 한국에서도 비슷하다. 매주 장을 보는 데 8만 원에서 10만 원 정도를 쓴다. 호주에서도 그랬지만 한국에서도 차를 몰지 않아서 장을 볼 때마다 우리가 일주일

동안 먹을 양, 둘이서 나눠 들 수 있을 무게 정도까지만 구입한다.

처음 우리의 장보기는 어설프기 그지없었다. 뭘 먹어야 할지, 뭘 사야 할지도 모른 채 마트를 배회하다 그때그때 먹고 싶은 것들을 샀다. 대체로 일회성 짙은 메뉴들이었다. 시간이 지날수록 우리의 장보기 능력은 발전해 갔다. 집에 남은 재료는 무엇인지 머리에 입력되어 있어서 필요한 것들만 쏙쏙 골라 구입할 수 있었다. 싸다고 많이 샀다가 다 먹지 못해 쓰레기만 만들던 지난날과는 다르게 우리는 이제 '프로 장보기꾼'이 되었다.

냉장고 채우기처럼, 생필품 구입도 어려웠다. 한국이었더라면 집에서 쓰던 익숙한 물건들이나 주변에서 좋다고 추천받은 것들을 구입해서 썼겠지만, 호주에서는 하나부터 열까지 직접 부딪혀야 했다. 세탁 세제도 그랬고 매달 사용하는 생리대도 그랬다. 우리에게 '살림살이' 영역은 인생에서 꽤나 생소한 것이었다. 그래서 하나씩 사보면서 경험했다. 도전 정신은 주로 반값 세일 앞에서 생겼다. 반값이니까 별로여도 덜 아깝다는 게 우리의 이유였다.

수월해진 것처럼 보였던 우리의 장보기에도 가끔씩 작은 소란이 생겨났다. 호주에서는 나의 호기심이, 한국에서는 남편의 호기심이 발동하는 탓이다. 호주 마트에는 내가 전에 먹어보지 못한 과자와 빵, 식재료가 넘쳐났다. 궁금한 마음에 그런 물건들을 카트에 내려놓을 때마다 남편은 별로라거나, 맛이 없다고 말하며 경험자로서 내게 충고했다. 한국에 오니 상황은 반대가 되었다. 남편이 먹어보고 싶은 군것질거리나 음식 앞에서 나는 단호해졌다. 분명 남편이 좋아하지 않을 맛이었기 때문이다.

한번은 단호한 남편에게 반항심이 생겨서 남편이 맛없다고 절대 사지 말라고 했던 것을 억지로 카트에 담았다. 내가 산 것 중 하나는 옥수수 수프였다. 한국에서 파는 달콤하고 적당하게 짭짤한 맛을 상상했는데, 한입 먹자마자 너무 짜서 먹을 수가 없을 정도였다. 어쩔 수 없이 통째로 버려버렸다. 우겨서 산 과자도 퍽퍽하고 짜고 맛이 없어서 먹자마자 뱉어냈다. 남편의 말은 대부분 맞았고 반항심은 수긍으로 바뀌었다. 남편이 맛없다고 하면 사지 않게 됐다.

♥

매주 장을 보지만 최근 들어서는 인터넷으로 식재료를 구입하는 날도 늘었다. 호주에서는 상상도 할 수 없는 편리함이었다. 때에 따라 두세 업체를 번갈아 이용했다. 어느 곳에서는 쓰레기 없는 배송을 위한 보냉백을 제공했고,

어느 곳에서는 종이 포장재로만 포장해 다음 날 아침까지 물건을 배송했다. 얼핏 보면 환경에 좋은 일 같지만 어느 순간 종이로만 되어있던 아이스팩이 비닐 포장재 안에 들어가 있기도 하고, 보냉백 안에 비닐이 잔뜩 쌓여있기도 했다. 그건 아마 식재료의 변질을 막기 위한 일이었을 거다. 이른 아침에 힘들이지 않고 식재료를 받아 볼 수 있다는 것은 정말 좋았지만, 구입한 재료보다 비닐봉지의 양이 더 많이 나오는 것을 보고 더 이용하기 꺼려졌다. 급한 일이 아니라면 집 앞 마트를 이용하기로 했고, 대체로 급한 일은 일어나지 않았다. 언제나 그랬듯 우리는 집 앞 마트에 장바구니를 챙겨 나간다.

♥

나는 마트에서 장을 볼 때마다 호주의 마트를 떠올린다. 호주 마트보다 한국 마트에 우리가 좋아하는 식재료도 훨씬 많고 원하는 음식을 만들기에 안성맞춤인 식재료도 쉽게 구할 수 있지만, 조금 아쉬운 마음이 들 때가 있다. 호주 마트에는 과일이나 채소들이 포장되지 않은 채 매대 위에 진열되어 있었다. 구입한 채소를 담아 가기 위한 비닐이 있었지만 집에서 가져온 주머니가 있다면 사용하지 않을 수 있었다. 원하는 만큼을 가져온 주머니에 담아 계산대에 올렸다. 장을 볼 때마다 쓰는 주머니는 3~4개 정도였고, 집에 돌아오면 버려지는 일회용 비닐봉지나 포장재가 거의 없었다.

한국 마트에도 포장되지 않은 채 판매되는 식재료가 있었다. 나는 그중 당근 한 개를 들어서 그 옆에 있는 저울에 올린 뒤 가격표를 뽑아 당근에 붙인다. 카트 안에 덩그러니 놓인 당근을 보면 마음이 편안해진다. 필요한 만큼만 포장재 없이 살 수 있어서 마음에 든다. 포장되지 않은 채소나 과일의 종류가 많아져서 원하는 만큼, 직접 가져온 주머니를 이용해 살 수 있는 환경이 마련되면 좋겠지만, 그럴 수 없는 복잡한 사정들이 있을 거라는 것을 안다. 그래도 언젠가는 동네에 포장 없는 가게가 생기기를 바란다.

두 손 가득 무겁게 들고 온 장바구니를 냉장고 앞에 두고 사 온 것들을 냉장고에 차곡차곡 넣어두고 나면 보기만 해도 배가 부르고 뿌듯하다. 살림도 잘 모르던 사람 둘이서 굶지 않고 잘 먹고사는 게 가끔 신기하다. 우리는 앞으로도 계속 장을 보고, 먹고, 채웠던 곳이 비워지기 전에 또 장을 보고, 먹고, 다시 채우며 살아갈 것이다. 생각만 해도 지루하고 귀찮지만 어쩔 수 없다. 잘 먹고, 잘 살려면 귀찮더라도 조금은 부지런해질 필요가 있다.

에어프라이어를
되돌려 보낸 이유

엄마가 에어프라이어를 선물받았다면서 우리 집에 가져다주셨다. 전자레인지도 없는 집에 에어프라이어라도 있으면 좋지 않겠냐는 의미였을까, 새 물건이 생기면 딸부터 떠올리는 엄마의 마음이었을까. 그렇게 우리 집에 계획하지 않았던 에어프라이어가 생겨버렸다.

우리 집에는 없는 것이 많다. 전자레인지도, 전기밥솥도, 토스트기나 오븐도 없다. 그런 것들이 없어도 남편과 내가 살아가는 데 불편함이나 아쉬움이 없지만, 가끔씩 오븐의 빈자리는 아쉽게 느껴지곤 한다. 전에 살던 호주 집에는 가스레인지 아래에 빌트인 오븐이 있었다. 그 집에서 3

년간 살면서 오븐을 주 1회 이상 아주 요긴하게 사용했었다. 그래서 오븐이 있으면 다양한 요리를 해 먹을 수 있다는 것을 잘 안다. 빵도 만들 수 있고, 좋아하는 이탈리아 음식을 잔뜩 먹을 수 있다. 오븐이 내게 주는 확실한 행복이 있지만 굳이 구입하지는 않았다. 밀가루와 더 이상 친해지면 안 된다는 게 가장 큰 이유였다.

'주방 혁명 아이템'이라고 불리는 에어프라이어를 사려고 했던 적도 있었다. 편리하게 요리를 만들어내며, 고구마를 구워 먹기 좋다는 소리에 여러 번 혹했었다. 친구는 에어프라이어를 고구마 구워 먹는 용도로만 구입해도 충분히 가치 있는 물건이라고 했다. 고구마를 자주 먹는 우리에게 구미가 당기는 이야기였다. 하지만 고구마는 굳이 에어프라이어에 굽지 않아도 맛있고, 우리는 에어프라이어 없이도 여태껏 잘 먹고 살았기 때문에 결국 사지 않았다. 꼭 필요한 물건만을 가지고 살아가려는 우리에게 꼭 필요한 물건은 아닌 것 같았다. 그런데 계획에 없던 에어프라이어가 우리 집 주방 한편을 차지해 버렸다. 엄마의 마음은 고마웠지만, 에어프라이어라는 물건의 갑작스러운 등장이 반갑지만은 않았다.

하지만 막상 에어프라이어를 갖게 되자 호기심이 발동

했다. 에어프라이어가 우리 삶의 질을 높여줄 수 있을까? 너무 좋은 물건이어서 진작 사지 않은 것을 후회하게 될까?

에어프라이어의 내부를 씻어낸 뒤 집에 있던 고구마를 구워 먹어보기로 했다. 맛있는 군고구마를 만들어낸다는 소문을 확인해 볼 시간이었다. 인터넷에 군고구마 에어프라이어 레시피를 검색해 보니, 한쪽 면을 20분 굽고, 뒤집어서 10분 더 구워주면 맛있는 군고구마가 완성된다고 했다. 레시피대로 따라한 다음, 거실 소파에 앉아 째깍째깍 돌아가는 타이머 소리에 귀를 기울인 채 시간이 흐르기를 기다렸다. 30분 후, 잘 구워진 고구마가 눈앞에 나타났다. 고구마를 주신 남편의 이모님이 '꿀 고구마'라고 했는데, 진짜 꿀이라도 든 것처럼 달콤했다. 에어프라이어가 정말 물건인가 싶었다.

♥

에어프라이어의 등장이 우리 집 식생활에 좋은 소식이길 바랐지만, 어딘가 모르게 어두운 기운이 감돌기 시작했다. 에어프라이어로 만들어 먹으면 좋을 음식들에 관심을 갖기 시작했고, 거리를 두던 냉동식품 코너에 호기심 가득한 얼굴을 하고 서성이게 됐다. 진열된 냉동식품 중에는

'에어프라이어로 간단하게'라는 멘트가 들어가 있는 것들이 많았고, 어느새 우리 손에는 치즈 돈가스나 냉동 치킨 같은 겨우 끊었던 냉동식품이 들려있었다.

우리는 마트에 갈 때마다 진열장 속 냉동식품을 한참 동안 뚫어져라 바라보면서 맛있게 만들어진 음식을 먹는 상상을 했다. 그러다 너무 많은 종류의 냉동식품에 둘러싸여 어느 한 가지를 고르지 못하고 집었던 물건을 자리에 돌려두기를 반복했다.

그사이 우리는 집에 있는 많은 것을 에어프라이어에 넣었지만 기대만큼 대단한 맛은 아니었다. 하지만 고구마는 실패하지 않는다는 믿음이 있었다. 새로 산 고구마를 에어프라이어에 넣었다. 그런데 전에 먹었던 것과 달리 촉촉하지 않고 퍽퍽했다. 고구마가 맛이 없는 탓이라고 생각했다. 아무래도 고구마를 잘못 산 것 같다면서 한참 동안 고구마 탓을 하다가, 다른 방식으로 고구마를 구워보기로 했다. 남편이 무쇠로 궁중팬을 꺼내 들었다. 무쇠 궁중팬에 고구마를 두 개 넣고, 뚜껑을 닫은 채 약한 불로 구웠다. 더 빠른 시간에 퍽퍽하지 않고 맛있는 군고구마가 만들어졌다. 같은 고구마가 맞나 싶을 정도로 다른 맛이었다. 우리가 원하는 맛은 무쇠 궁중팬으로도 충분히 만들 수 있었다. 에어프라이어가 가진 탁월한 능력이 없더라도 말이다.

　냉동식품으로 향하던 발걸음을 멈추고, 에어프라이어에 뭘 구워 먹을까 하는 생각을 멈췄다. 약 한 달간 우리 집에 머물렀던 에어프라이어는 엄마의 자동차 트렁크에 실렸다. 다시 에어프라이어가 없는 주방으로 되돌아갔다. 물건의 빈자리가 후련하게 느껴졌다. 우리는 찌개를 끓이고 볶음밥을 만들던 무쇠 궁중팬으로 군고구마를 만들어 먹는다. 무쇠 궁중팬의 새로운 역할을 발견하면서, 우리는 가지고 있던 물건만으로도 풍족한 식생활을 누리고 있다. 언제나 그랬던 것처럼.

남편은
우리 집 과일 관리부

　한국에 와서 좋은 일 중 하나는 맛있는 과일과 채소를 실컷 먹을 수 있다는 것이다. 한국에서 맛있는 고구마를 먹을 때면 호주에서 팔던 크고 단단하기만 한 고구마가 떠오른다. 호주에서는 맛있는 고구마를 찾기 힘들었다. 마트에 가득 놓였던 붉은색을 띤 고구마는 겉보기에는 맛있어 보였지만 어떻게 조리해 먹어도 내가 기대하는 달콤한 맛을 느낄 수 없었다. 맛이 없어서 손이 가지 않는 고구마는 싹이 돋기 직전까지 그대로 두었다가 고구마 맛탕을 해 먹었다. 설탕과 올리고당으로 고구마를 코팅해야 겨우 소진할 수 있었다.

과일을 좋아하는 나와 남편에게 한국은 쉽게 천국이 된다. 호주에 살 때 나는 한국에서 맛보던 달콤한 딸기, 단단하고 큰 사과 그리고 계절 따라 등장하는 맛있는 제철 과일을 그리워했다. 여름이면 포도와 복숭아를, 겨울에는 딸기와 귤을. 이제 와서는 호주에서 여름에 팔던 망고를 그리워한다. 4달러면 손바닥만 한 망고 두 개를 살 수 있었는데, 망고 근처에만 가도 단내가 풀풀 풍겨서 안 살 수가 없었다. 여름 내내 망고와 수박이 마를 날이 없었던 것을 떠올리니 갑자기 입에 침이 고인다. 사람은 어느 곳에서도 만족하지 못하는 동물임에 틀림없다. 호주에서는 한국을, 한국에서는 호주에서 좋았던 것들을 잔뜩 아쉬워한다.

　　한국에서 보낸 1년 동안 계절이 바뀔 때마다 제철 과일을 실컷 사 먹었다. 장을 볼 때마다 고른 과일만 두세 종류가 됐다. 여름이면 더 자주 마트를 찾았다. 커다란 수박과 포도가 너무도 맛있어서 그 과일의 철이 끝날까 마음 졸이며 쉴 새 없이 사다 먹었다.

　　과일은 언제나 남편이 고른다. 남편은 가장 맛있는 과일을 먹기 위해서 그 어느 때보다 신중해진다. 포장된 과일 앞에 한참이나 서서 냄새를 맡아보고 신선도를 체크한다. 수박은 배꼽이 작은지 확인한 다음 겉면을 통통 쳐봤을 때

나는 소리로 당도를 파악한다. 값이 더 나가더라도 더 맛있는 과일을 사는 것이 우리 집의 소비 원칙이다. 비싼 식재료는 포기해도 과일은 포기 못 한다. 내 역할은 열심히 과일을 고르는 남편 옆에서 카트를 지키고 있는 거다. 가끔 향을 맡아보는 역할도 하지만 대부분 결정은 남편이 한다. 사실 내가 고르면 조금 못마땅해하는 눈치라 몽땅 맡기는 게 편하다.

♥

수박을 사 온 날은 분주하다. 수박을 조리대에 올려두고 겉껍질을 행주로 깨끗하게 닦아낸다. 그다음 도마 위에서 수박을 조각낸다. 커다란 수박 전용 밀폐 용기도 두 개나 마련되어 있다. 남편은 여기에 김치를 담는 것은 절대 해선 안 될 일이라며 혹시 모를 상황을 대비해 내게 몇 번이나 주의를 줬다. 수박에 김치 냄새가 배는 건 나도 원치 않으니 남편의 지령을 잘 들어준다. 수박을 가지런히 잘라 밀폐 용기 안에 테트리스 하듯 넣는 것 또한 남편의 몫이다. 남편은 귀찮은 내색 없이 언제나 수박을 자르고 정리했다. 그러고는 냉장고에 자리 잡은 밀폐 용기 두 개를 볼 때마다 뿌듯해했다.

여름이 지나 겨울이 되었고 우리는 본격적으로 고구마를 구워 먹기로 했다. 인터넷에서 맛이 좋다는 고구마를 찾아 큰맘 먹고 10킬로그램짜리 한 박스를 주문했다. 맛은 기대만큼 좋았지만 10킬로그램이나 되는 고구마를 두 명이서 먹기는 무리였다. 집에 놀러 온 엄마에게도 한 움큼 드렸는데도 많은 양이 남았다.

바깥 온도와 비슷한 베란다에 박스를 내놓고 며칠을 보냈는데, 그새 고구마에 곰팡이가 피었다. 시원한 곳에 두면 괜찮을 거라고 생각했던 우리의 안일함이 곰팡이를 만들었다. 사실 나는 곰팡이가 난 부분만 떼어내고 먹으면 될 거라고 생각했는데, 건강에 예민한 남편은 고구마에 핀 곰팡이에 대해 한참 검색을 하더니 먹으면 안 되니 버려야 한다는 슬픈 소식을 전했다.

결국 우리는 삼분의 일 정도 남은 고구마를 몽땅 버렸다. 마음이 쓰렸지만 건강을 위한 일이었다. 그 뒤로 고구마를 구입할 때면 샀다가 또 곰팡이가 날까 두려운 마음이 먼저 들었다. 귀찮지만 고구마 보관법을 찾아봤다. 고구마는 겹쳐서 보관하면 안 되고, 통풍이 가능한 환경을 만들어주어야 하며 겨울에는 실내에 보관해야 한다는 정보가 있었다. 이런 것 하나 찾아보지 않고 고구마 한 박스를 무턱

대고 구입했던 우리가 참 용감하게 느껴졌다. 동시에 버려진 고구마가 떠올라 마음이 쓰렸다. 우리는 처음 고구마를 살 때 품었던 큰 마음을 줄여서 고구마 5킬로그램 한 박스를 구입했다.

♥

하지만 여전히 고구마를 잘 보관하기 위한 마땅한 물건이 없었다. 우리가 생각해 낸 방법은 고구마끼리 거리를 두고 거실 바닥에 펼쳐 두는 것이었다. 거실 TV 장 앞에 박스 두 개를 잘라 길게 펼쳐 두고 고구마와 고구마 사이를 조금씩 벌린 채 올려 놓았다. 먹을 때는 수확하듯이 주워 깨끗하게 씻어서 구워 먹었다. 그렇게 하니 곰팡이도, 싹도 피워내지 않고 5킬로그램의 고구마를 다 먹을 수 있었다. 그런데 고구마를 무사히 먹는 사이 베란다에 두고 먹던 귤에 곰팡이가 피어났고, 결국 귤도 고구마와 비슷한 방법으로 보관했다. 달걀판 위에 하나씩 올려두어 서로 붙어있을 수 없는 환경을 만들어주었다. 이 일도 당연히 남편의 몫이다.

♥

남편은 가끔씩 나를 믿지 못한다. 충분히 그럴 수 있다. 나는 대충, 아무렇게나도 상관없는 사람이지만 남편은 아

니었다. 상하지 않게 보관하는 방법을 안 이상 그것을 지켜야 한다. 내가 해봐야 신경 쓰이고 다시 한번 확인해줘야 할 게 뻔하니, 아무 말 없이 남편이 과일과 채소 관리 담당이 되었다. 과일과 채소 관리 담당자는 귤이나 고구마의 상태를 매일 확인하고 먼저 먹어야 할 것들을 챙겨준다. 남편과 인터넷 살림 고수 덕분에 상하는 것도, 버려지는 것도 없는 생활이 이어졌다. 베란다에는 귤, 토마토, 사과가 정갈하게 놓여있고 거실 바닥에는 고구마가 가지런히 놓여있다. 풍요로운 겨울이다.

나는 가끔
남편 눈치를 본다

　동물 이웃들과 함께 마을을 꾸미는 게임이 유행이던 때가 있었다. 출시 전날 밤부터 대형마트 앞에는 게임기와 게임을 구매하려는 사람들의 줄이 늘어섰다. 이 게임에 대해서는 아주 오래전에 들어본 적이 있었다. 사람들은 작은 게임기를 가지고 다니면서 그 게임을 즐겼다. 최근 다시 유행의 바람이 불면서 유튜브에도 게임 플레이 영상이 올라오기 시작했다. 많은 이들이 열광했고 그중에는 나도 있었다. 귀여운 동물 캐릭터와 직접 집과 마을을 꾸미는 알록달록한 게임의 매력에 빠져버렸다. 미니멀리스트가 되었더라도 귀여운 것에 대한 열망은 시도 때도 없이 나타난다. 게임기와 그 게임을 사야겠다는 생각이 들었고, 어떤 마을을 꾸며볼까 생각하니 설렜다.

종종 이성적인 판단보다 충동적인 구매 욕구가 힘이 세질 때가 있다. 남편에게 게임기를 사고 싶다고 말했다. 태어나 처음으로 게임기가 가지고 싶었는데, 그게 30대 중반인 것은 그리 중요하지 않았다. 남편은 내게 길어야 한 달 하고 말 거라고 단호하게 말했다. 그 후로도 내가 게임기를 사지 말아야 할 이유를 읊었다. 나도 알고 남편도 아는 가장 큰 이유는 내가 게임에 그다지 흥미가 없다는 사실이었다.

나는 게임을 좋아하지 않는다. 스마트폰으로 게임을 다운받아도 한 달을 못 가 하다 말거나 삭제한다. 경쟁하거나 싸우는 게임에서 어떤 의미도 느끼지 못한다. 그나마 내가 관심이 생기는 게임들은 이렇게 혼자서도 충분히 즐거움을 가질 수 있는 게임들이지만, 그마저도 며칠이 지나면 싫증이 난다. 남편의 말이 맞았다. 이제 나를 누구보다 잘 알게 된 남편 앞에서 뻔뻔하게 억지를 부리기는 어렵다. 남편은 나의 소비에 관여하고 결국에는 후회하지 않게 해준다.

남편은 필요한 것만 채워지면 충분히 만족한다. 예민하게 여기는 몇 가지(침대와 베개, 소파)를 제외하고는 가진 물건에 불만이 있더라도 조금 참고 만다. 나는 다르다. 집과 일상을 더 나아지게 하고 싶어서 자꾸 욕심을 부리게 된다. 지금은 그런 일이 많이 줄었지만, 물욕이 샘솟아 쓸모없는 물건을 사거나 충동구매를 하려던 때가 있었다. 없는 이유를 만들어서라도 사야 할 것 같았다. 나의 생활 패턴과 습관, 그리고 내 갈대 같은 마음을 잘 알고 있는 남편은 단호한 태도를 보인다. 나에게 필요 없는 물건이라고, 한두 번 쓰다 말 것이라고 너무도 확실하고 정확한 답을 내놓는다. 나는 매번 그 말에 정신을 차리게 된다. 그런 과정이 계속 반복되면서 자연스럽게 스스로 판단할 수 있게 됐다. 결혼해서 함께 살고 있어서 다행이었다. 내 마음 가는 대로 결정할 수 없었기 때문에 더 빠르고 확실하게 소비 습관을 바꿀 수 있었다.

이제 나는 쉽게 물건을 사지 않으며, 필요한 물건이라도 조금 더 고민한 후에 좋은 물건을 오래 쓸 생각으로 구입한다. 우리 집을 채우고 있는 물건들 대부분 남편과 둘이 고민한 결과다. 그럼에도 종종 나는 집 안에 있는 물건 하나에 꽂히곤 한다. 이유는 단순하다. 별안간 뭔가 마음에 들지 않게 된 것이다. 언젠가는 커다란 책상이 마음에 안 들어서 더 작은 것으로 바꾸고 싶어 했다. 옷장이 마음에 들지 않아서 다른 형태로 옷을 수납하는 방식을 고민하고, 가구를 바꾸고 싶어 하기도 했다. 그러다가 바란 대로 가구를 바꾼다 해도 마음에 쏙 들지 않을 것임을 깨닫는다. 남편이 옆에서 나를 진정시킨 덕분이다.

나는 매일 다행이라고 여긴다. 가끔 눈치가 보이지만, 남편은 언제나 내 결정과 선택을 후회하지 않도록 지난날의 생각과 고민을 기억해 준다. 솔직하게 내 생각과 마음을 말해도 타박하지 않는다. 미니멀리스트가 아닌 나를, 혼자 사는 나를, 단단하게 생각을 잡아줄 남편도 없는 서른다섯 살의 나를 상상해 본다. 아니, 안 하고 싶다. 생각만 해도……

좋은 베개를
찾습니다

남편이 좋아하는 베개가 있다. 신혼 초에 한인 커뮤니티에서 공동구매로 산 메모리폼 베개였다. 베개를 중요시하는 남편을 위해 사줬던 이 베개는 3년 내내 남편에게 사랑을 받았다. 얼마나 좋아했는지 한국으로 올 때 함께 비행기를 타고 왔다. 남편은 가져온 베개를 한국에 와서도 1년을 더 썼다. 그 베개를 사용한 지도 벌써 4년이 넘었는데, 어디선가 메모리폼 베개는 2~3년쯤 사용하면 제 몫을 다한다는 이야기를 들었다. 예상 수명에 비해 오래 사용한 베개를 이제는 보내줘야 할 것 같다는 생각이 들었다.

새로 산 물건이 제 역할을 하지 못하거나, 집 안 여기저기 방치되는 것을 좋아하지 않기 때문에 우리 생활에 맞고 쓰임이 좋은 물건을 사려고 한다. 남편은 며칠 동안 베개 사용 후기를 여러 개 찾아보면서 새로 살 베개를 고르고 또 골랐다. 남편은 나보다 몇 배는 꼼꼼한 편이라서 물건 하나 살 때도 더 많은 시간이 필요하다. 성격 급한 나는 종종 답답한 마음이 들지만, 꾹 참고 남편이 충분히 고민하고 구입할 수 있도록 간섭하지 않고 기다려준다. 재촉한다고 좋은 선택을 하는 것도 아니니까.

　　사실 좋은 베개를 구입하기는 쉽다. 비싼 베개를 구입하면 된다. 비싼 물건에는 그만한 이유가 있다고 생각하는 편이다. 가성비를 따지다 보면 후회를 하게 되는데, 그럼에도 우리는 좀처럼 가성비를 포기하지 못한다. 이번에도 이것저것 재보다가 돈을 조금 아껴보겠다고 가격이 저렴한데 성능도 좋아 보이게 광고하는 베개를 샀다. 며칠 뒤, 목을 잡아주어 편안한 자세를 만들어준다는 경추 베개가 배송됐다. 우리 두 사람은 노트북 앞에서 일을 하는 시간이 많다. 그러다 보니 목이 많이 굳어있고 자세가 좋지 않아서 자세 교정이 필요했다. 고작 베개 하나로 모든 것을 해결할 수 없겠지만 조금은 편안한 생활을 할 수 있지 않을까 하는 마음에 구입한 물건이었다.

설레는 마음으로 새로운 베개를 베고 잠에 들었다. 하루이틀은 베개가 몸을 교정해 주는 기분이 들었다. 남편은 평소 코를 고는 내가 경추 베개를 베고 자니 코를 골지 않았다고 했다. 좋은 물건을 저렴하게 잘 구입했나 싶었는데, 며칠이 지나자 조금씩 불편함이 생겼다. 가끔씩 자세 교정을 위해서 사용하면 좋을지 몰라도 매일 사용하기에는 무리가 있었다. 한번 자세를 잘못 잡으면 다음 날 하루 종일 목이 아팠다. 내 수면 습관과도 잘 맞지 않아서 솔직히 별로였다. 하지만 남편이 고심해서 고른 물건을 대놓고 별로라고 말하기엔 조심스러웠다. 베개가 별로인 것은 남편도 마찬가지였다. 아무 베개나 베고도 잘만 자는 내 몸에도 불편한 베개가 남편 마음에 들 수는 없을 것이다. 남편은 경추 베개를 사고 얼마 동안은 자고 일어난 뒤에 괜히 내 눈치를 살폈다. 결국 남편은 원래 사용하던 오래된 베개를 다시 꺼냈다. 혹시 몰라 버리지 않고 옷장에 남겨뒀는데 다행이었다.

♥

새로운 베개와 원래 사용하던 베개와의 동침이 이어졌다. 쓸모를 잃은 베개는 머리맡이 아닌 옆구리나 발끝에 자리를 잡았다. 방황하는 베개를 보니 마음 한편이 불편해졌고, 괜히 아쉬운 마음이 생겼다.

미니멀리스트의 관점으로 봤을 때, 이런 상황은 조금 속상하다. 좋은 물건 하나를 사서 수명이 다할 때까지 사용하길 바랐는데. 가성비를 따지지 않고 확실하게 좋은 베개를 샀더라면 덜 후회했을 것이고, 오래 쓴 베개를 개운하게 보내줄 수 있었을 거다. 남편은 결국 슬픈 표정을 하고 베개를 잘못 산 것 같다고 말했다. 그렇지만 물건을 살 때 가성비를 따지는 것은 필요하고 중요한 일이다. 기대에 못 미치는 가성비 나쁜 물건을 만난 것을 탓할 수밖에.

♥

우리는 다시 새로운 베개를 찾기로 했다. 좋은 베개를 사서 좋은 잠자리를 되찾자는 한마음으로 몇 가지 베개의 리뷰를 확인하고 서로 의견을 나눠본다. 목을 편안하게 받쳐줄 수 있는 베개를 기대하면서 이전에 구매한 경추 베개 두 개를 합쳤을 때의 가격보다 더 비싼 베개를 주문했다. 두 사람 모두를 위해 두 개를 주문하려다가, 제품이 우리의 기대나 구매자들이 남긴 리뷰보다 별로일 수 있다는 것을 염두에 두고 하나를 먼저 구입했다. 하룻밤씩 사용해보고 괜찮으면 하나 더 구입할 생각이었다.

며칠 후 베개가 집으로 왔다. 푹신하면서도 목을 잘 받쳐줄 것 같고 재질도 좋았다. 그날 밤 내가 먼저 사용해 봤는데, 내 마음에는 쏙 들었다. 오랜만에 꿀잠을 잔 기분이었다. 다음 날은 남편이 새 베개와 하룻밤을 보냈다. 그런데 왜인지 말을 아끼며 오래된 베개를 베고 자기를 택했다. 그렇게 새로 베개를 하나 더 구입하는 일은 없었고, 나에게는 딱 좋은 베개가 생겼다. 남편을 위한 좋은 베개는 직접 매장에 가서 체험한 뒤 구입해야겠다고 생각했다. 남편에게 좋은 베개를 꼭 사주고 말겠다는 오기가 생겼다.

서로에게 영향을 주며
나아가는 관계

    손님용으로 여분의 의자를 사기로 했다. 우리 집에는 의자가 두 개뿐이어서 손님이 오면 소파를 활용했다. 소파 앞으로 테이블을 가져다 두고 의자 두 개를 맞은편에 두었다. 하지만 소파와 테이블의 높이가 잘 맞지 않아 식사할 때 불편했고, 맞은편에 앉은 사람과 시선도 맞지 않았다. 누구든지 우리 집에서 편안한 시간을 보냈으면 하는 마음에 의자를 추가로 구입해야겠다고 마음먹었다.

    가격이 합리적이면서 편하기도 한 의자를 찾아 나섰다. 물건을 찾고 괜찮아 보이는 것을 추리는 일은 언제나 내 담당이다. 적당한 금액을 정하고 우리 집에 어울릴 의자를 골랐다. 의자가 우리 집에 오면 어떤 상황이 생길지 상상하는 일까지 내 몫이다. 웹사이트를 찾아 의자 몇 개를 선별한 뒤 남편을 불러서 의자 각각에 대해 설명하는 시간을 가졌다. 우리는 나란히 앉아 한참 동안 새로 살 의자에 대해 이야기했다. 금액과 디자인, 사용하지 않을 때 접어둘 수 있는 기능까지 고려하지만, 그 모든 조건을 만족하는 좋은 물건을 찾지 못했다.

의자 사는 일에 진전이 없자 남편에게 차라리 접이식 테이블을 사면 어떠냐고 물었다. 방바닥에 테이블을 두고 둘러앉으면 의자가 없어도 많은 사람이 앉아 식사하거나 티타임을 가질 수 있었다. 나쁘지 않은 의견이지만 남편은 결사반대였다. 남편은 바닥에 앉는 것을 싫어하는 편인데, 바닥에 앉았다 일어났다 하는 게 무릎에도 좋지 않고 불편하다는 의견을 강하게 어필했다. 남편은 대부분 내 의견을 따르는 편이지만 이렇게 가끔씩 자신의 의견을 확실히 해둘 때가 있다. 지금이 그때였다. 나는 아내로서 남편의 의견을 들어줄 의무가 있기에 접이식 테이블은 옵션에서 슬그머니 지워냈다. 결국에는 실제로 봐야겠다 싶어 의자를 사러 밖으로 나갔다. 앉아볼 수 있는 모든 의자에 다 앉아본 뒤에 하나를 정했다. 가격도 합리적이면서 공간도 적게 쓰고, 접어둘 수 있는 꽤 튼튼하고 깔끔하게 생긴 의자였다.

♥

우리는 몇만 원을 쓰는 일에 열을 올리며 여러 날을 보낸다. 우리가 사용할 물건을 선택하는 일이기에 언제나 성심성의껏 고민한다. 물건을 들이거나 돈을 쓸 때 서로 의논하는 일이 익숙하고 당연하다. 물건을 자주 사는 사람들이었다면 이 과정이 귀찮게 느껴질지도 모르겠지만, 우리에게는 가끔씩 찾아오는 이벤트처럼 느껴진다. 쉽게 사고 쉽게 버릴 게 아니라 이왕이면 잘 사용하고 싶기 때문에 시간을 들인다.

사는 물건들 대부분은 우리가 집에서 같이 사용할 물건이다. 그래서 서로의 의견이 중요하다. 하지만 말없이 물건을 사도 문제 삼지는 않는다. 각자 쓸 물건이더라도 물건을 사기 전에 서로의 시선과 생각을 빌리곤 한다. 결정에 확신을 갖는 경우가 많지 않아서 다른 사람의 의견을 듣는 것이다.

나와 남편은 비슷한 점이 있기도 하지만, 다른 점 또한 많다. 서로 이해하지 못하는 부분도 많고 물건을 고르는 기준이나 생각도 달랐다. 의견을 좁히기 어려울 때가 많았지만, 함께 보내는 시간 동안 우리는 서로에게 영향을 주고받았다. 남편은 물건을 사는 것도, 물건을 자주 사는 것도 좋아하지 않아서 물건을 보는 눈이 조금 부족했다. 하지만 시도 때도 없이 내가 사들이는 물건을 보면서 물건 보는 눈을 키우게 됐다. 반대로 쉽게 물건을 사던 나는 남편의 영향을 받아 물건을 사기 전에 고민하는 시간을 갖게 됐다. 우리는 서로를 통해 달라졌고, 비슷한 생각과 기준을 가지게 되었다. 이제는 서로가 좋아하거나 싫어하는 것을 잘 알고 있어서 한마음이 될 때가 많다. 그런 때는 늘 더 나은 방향을 찾게 된다.

모든 결정을 함께하다 보니 전보다 더 많은 대화를 나누게 되었다. 물건을 사는 일에 대해 이야기하다가, 우리가 어떤 삶을 살기를 바라는지 이야기한다. 어떻게 돈을 벌지, 어떻게 살고 어떤 선택을 하는 게 우리에게 좋을지 쉴 새 없이 의논하며 떠든다. 우리는 우리만의 답을 찾으며 앞날을 향해 나아가고 있다.

고작 몇 시간의
단수일 뿐이었는데

아파트 물탱크 청소로 인해 오전 8시부터 오후 5시까지 물을 사용할 수 없다는 안내 방송이 흘러나왔다. 단수가되기 전에 사용할 물을 미리 받아놓으라는 내용과 함께였다. 화장실에 욕조가 있었다면 부담 없이 물을 채울 수 있었겠지만 우리 집엔 욕조가 없었다. 욕조가 없더라도 방법은 있었다. 단수가 예정된 전날 밤, 우리는 물을 받아두기위해 물을 담을 만한 오목한 것들을 모조리 꺼내 왔다. 각종 냄비와 스테인리스 볼 등에 물을 가득 받았다. 그것만으로는 턱없이 부족해 보였지만 아무리 둘러봐도 더 이상 물을 담을 만한 물건이 없었다. 그러다 냉장고가 눈에 들어왔다. 텅텅 비어있는 냉동실 수납 박스 두 개를 떼어내 물을 받아두니, 그제야 조금 안심이 되었다.

물의 사용처는 크게 주방과 화장실로 나뉜다. 주방에서 사용할 물은 주방 조리대 위에 올려두고 화장실에서 사용할 물은 화장실 앞에 줄지어 대기시켜 두었다. 우리는 출근도 하지 않고 딱히 밖으로 나갈 일도 없으니, 이 정도면 단수되는 몇 시간 동안 무리 없이 사용할 수 있을 것 같았다.

♥

아침에 일어나자마자 물을 틀어보았다. 단수 예정 시간이 한 시간쯤 남은 일곱 시였다. 수도꼭지에서 물이 쏟아지는 걸 보니 꽤히 반가웠다. 마음 편히 화장실에 가고 양치를 했다. 그렇게 30분쯤 지난 후에 아침 식사로 요거트를 먹고 그릇을 씻으려고 하니 물이 나오지 않았다. 여덟 시, 예고된 시간에 정확하게 단수가 시작되었다. 이미 물을 받아놓았으니 당황하지는 않았다. 별일 없이 점심이 되었다. 밥을 짓기 위해 냄비에 두 명이 먹을 만큼 쌀을 덜었다. 받아놓은 소중한 물을 냄비에 적당히 붓고 쌀을 씻었다. 그렇게 두세 번쯤 반복했는데도 물의 양은 크게 줄어들지 않았다. 물을 이렇게 의식하며 조심스럽게 사용한 적이 있었나 생각해 보게 되었다.

식재료를 씻기 위해 그릇에 물을 덜었다. 식재료를 씻으면서 들리는 소리는 내 손의 움직임에 따라 찰방거리는 작은 물소리뿐이었다. 수도꼭지에서 콸콸 쏟아져 나오는 물소리가 없으니 어딘가 어색했지만 곧 작은 물소리에 오히려 마음이 편안해지는 것을 느꼈다. 필요한 만큼 덜어낸 물을 사용하고 있으니 물을 아껴 사용하고 있다는 기분이 들어 뿌듯하기도 했다. 식사를 한 뒤에 설거지는 하지 않았다. 어차피 오후 5시 이후에는 물이 다시 원래대로 나올 테니까 미루기로 했다.

주방에서 많은 일을 했는데도 물은 많이 줄지 않았다. 이대로라면 받아둔 물은 충분히 쓰고도 남겠다고 생각했다. 하지만 문제는 다른 데 있었다. 화장실에서 변기를 사용하기 전에 비어있는 변기 수조에 물을 가득 채워야 했는데, 냄비 하나 가득 있던 물을 다 넣었는데도 채워질 기미가 보이지 않았다. 중간 사이즈 냄비를 가져와 거기 있던 물을 들이붓자 이제야 물이 채워졌다.

변기를 한 번 사용할 때마다 어마어마하게 많은 물이 사용된다는 사실을 알게 되었고, 우리는 잠시 허무한 표정으로 서로를 바라봤다. 그렇다고 화장실을 가지 않고 참을 수는 없는 노릇이었다. 우리가 화장실에 왔다 갔다 할 때마다 물은 눈에 띄게 줄어들었다. 물이 없어서 곤란해지는 상황이 생길까 두려워서 조리대 위에 있던 물마저 화장실에 가져다 두었다. 급하면 10분 거리에 있는 마트라도 가야 할지 모른다. 조바심이 나서 물이 나오기를 바라며 시도 때도 없이 수도꼭지를 열어봤다.

♥

단순히 물탱크 청소를 위한 단수가 아니라 기약 없이 물을 사용할 수 없는 순간이 오면 세상은 어떻게 될지 상상해 보았다. 단 하루도 살기 어려울 것이다. 우리의 청결도, 최소한의 생활도 지켜내기 어려울 것이다. 최악의 상황을 상상해 본 것뿐이지만 두려운 마음이 든 것도 사실이었다. 과연 이게 상상일 뿐일까? 세상은 때로 내가 예상하지 못한 시련을 준다. 파란 하늘과 맑은 공기를 누리지 못하는 날이 이어지던 때에는 파란 하늘을 영영 볼 수 없게 될지도 모른다고 생각했고, 낯선 바이러스의 이름이 서로의 이름보다 더 많이 불리는 지금은 마스크 없이 사람들과 함께하는 즐거운 시간을 다시는 보낼 수 없을지도 모른다고 생각한다. 파란 하늘, 맑은 공기, 수도꼭지를 열면 쏟아져 나오는 물 그리고 사람들과 함께하는 시간까지 그 어떤 것도 무한하지 않다는 사실을 깨닫는 요즘이다.

마음이 급해져서 오후 5시가 되기도 전에 수도꼭지를 틀어보니 물이 나온다. 수도꼭지에서 몇 초간 녹슨 물이 흘러나오다 곧 투명한 물이 흘러나온다. 하루 종일 알게 모르게 가지고 있던 걱정과 무한히 떠올리던 허무한 상상들이 씻겨 내려갔다.

♥

우리는 우리가 가졌다고 착각하고 있던 자원을 사용할 때마다 이날을 떠올렸다. 물이 없으면 어떻게 될까, 전기가 사라지면 우리는 어떤 삶을 살게 될까. 가만히 걱정만 하는 대신 생활 속에서 익숙하고 당연하게 여겨지지만 너무도 소중한 것들에 신경을 썼다. 사용하지 않는 전기 콘센트의 전원을 꺼두고, 물을 자주 사용하는 주방이나 화장실에서는 아주 잠깐이라도 의미 없이 물을 흘려보내지 않았다. 소중한 것들을 지켜내는 방법은 의외로 간단하다. 소중한 것은 소중하기 때문에 소중하게 대하면 된다. 어쩌면 소중함을 깨닫는 일이 오히려 더 어려운지도 모른다.

당연하게 여기던 것들이
때때로 자리를 비운다.
언젠가는 당연하지 않게
될지도 모른다는 걸
알려주려는 듯이.

물이 영영
나오지 않으면
어쩌지?

우리가 선택한
또 하나의 삶

어릴 때부터 가정을 이루게 된다면 아이와 강아지를 함께 키울 거라고 정해두었다. 누구와 결혼하게 될지는 모르지만, 결혼을 하게 된다면 무조건 강아지를 가족으로 맞이하겠다고 다짐했다. 내 어린 시절 한 부분에 자리 잡고 있는 강아지들을 떠올리면 나는 여전히 따뜻함을 느낀다. 내 아이에게도 그 따뜻함을 느끼게 해주고 싶었다. 나는 결혼 전부터 남편에게 이런 결심에 대해 이야기하곤 했다. 그러나 남편의 대답은 언제나 '아니오'였다. 남편은 자신도 강아지를 좋아하지만 키우는 것은 다른 문제라고 했다. 동물을 키우게 되면 최소 15년 동안은 돌봐야 하는데 결코 쉽지 않은 일이라면서, 내가 강아지를 제대로 돌보지 못할 것 같다고 했다. 훈련을 시키거나 단호한 태도를 취해야 할 때 그러지 못하고 예뻐하기만 할 것 같다는 뜻이었다. 남편의 맞는 말 폭격에 확고했던 내 소망은 조금씩 수그러들었다.

이 소망을 이룰 수 있던 건 동생 덕분이었다. 어느 날 갑자기 동생이 강아지를 집으로 데리고 왔다. 태어난 지 3개월 만에 입양을 갔다가 며칠 만에 파양된 강아지였다. 입양자의 네 살 난 딸아이가 강아지를 자꾸만 때려서 어쩔 수 없이 다른 입양자를 찾게 됐고, 그 소문이 가까운 지인을 통해 동생의 귀에까지 흘러들어 왔다. 동생은 겁도 없이 그 강아지를 키우기로 결정했다.

나는 동생의 결정에 반대했다. 반려견을 기르는 것이 쉬운 일이 아닐 거라고, 우리 어릴 때와는 다르다고 신신당부했지만 동생은 강아지를 데려왔다. 그때는 무슨 생각이었는지 이해할 수 없었지만 지금 생각해 보면 동생이 강아지를 데려온 것은 아마도 나와 같은 기억을 공유하고 있기 때문이 아닐까 싶다. 강아지와 함께 보낸 시간이 여전히 좋은 기억으로 남아있던 나처럼, 그 경험을 다시 해보고 싶었던 게 아니었을까. 그렇게 3개월 된 어린 강아지는 우리 가족이 되었고, 구르미라는 이름을 갖게 되었다.

구르미는 동생의 이사와 여러 가지 일들로 원래 지내던 동생 집이 아닌 우리 집에서 지내다가 한 달 반이 지난 뒤에 동생에게 돌아갔다. 구르미가 집을 떠난 뒤에 일상이 조금 허전해졌다. 구르미가 있던 자리에 자꾸만 눈길이 가고, 구르미가 만들어내던 소리가 어디선가 들리는 것처럼 느껴졌다. 작은 강아지 한 마리의 빈자리가 생각보다 거대해서 당황하기도 했다.

우리가 구르미의 빈자리에 허전함을 느끼고 있던 사이, 구르미는 이사 간 새로운 집에 영 적응하지 못하고 있었다. 원래는 긴 시간 집을 비우는 동생의 빈자리가 익숙했던 구르미는 우리 집에서 보낸 시간으로 인해 혼자 있는 걸 견디지 못하는 상태가 됐다. 하루 종일 집에 함께 있던 우리의 빈자리를 구르미도 느꼈던 건지 자주 우울한 모습을 보였다. 집으로 돌아오면 반겨주던 구르미가 귀가한 동생을 본체만체하며 등을 돌렸다든지, 밥을 먹지 않는다든지, 산책을 좋아하던 구르미가 집 밖으로 나와도 자꾸만 집으로 돌아가려고 방향을 튼다든지 하는 평소와 확연히 다른 모습이 많이 발견됐다.

♥

가뜩이나 구르미의 빈자리에 허전함을 느끼던 나는 동

생이 전해준 구르미 소식에 마음이 쓰였다. 남편도 마찬가지였다. 마음 같아서는 당장이라도 다시 데려오고 싶었다. 집에서 지내는 시간이 많은 내가 데리고 있는 게 더 좋을 것 같았다. 혼자서 많은 생각을 했다. 우리 집에 구르미를 데려오면 어떨까? 과연 내가 책임질 수 있을까? 내 선택에 후회하지 않을까?

남편에게 조심스럽게 구르미를 데려와서 키우면 어떻겠느냐고 말했다. 남편은 한참이나 복잡한 얼굴을 하고 있었다. 내 마음을 알면서도 쉽게 결정하지 않았다. 당연했다. 나는 기다렸고, 결국 남편은 내 의견에 동의해 주었다. 아마 그건 나를 위한 결정이었을 거다. 우리끼리 상의를 마친 뒤에 동생에게 구르미를 우리가 데리고 있겠다고 말했다. 동생은 우리의 결정에 고마워하면서도 한편으로는 구르미와 우리에게 미안함을 가졌다. 일하느라 오랜 시간 함께 해주지 못한 구르미에게 미안했고, 구르미에 대한 책임을 나누게 된 우리에게 미안해했다. 동생은 구르미의 양육비를 100퍼센트 지원하겠다고 했다. 어쩌면 이것이야말로 공동육아 아닐까. 구르미는 머물 수 있는 집이 세 개나 있는 셈이다. 나와 동생의 본가, 우리 집, 동생 집까지!

우리는 이제 강아지 구르미와 함께 산다. 잠깐 머물다

가는 것과 사는 것은 달라서 우리는 계속 강아지에게 필요한 것들을 생각한다. 강아지의 즐거운 생활을 위한 물건과 강아지에게 안정감을 줄 수 있는 공간을 마련하려고 노력한다. 강아지의 동태와 감정을 살피며 강아지의 매 순간을 지켜본다. 몸집은 작지만 한 사람만큼의 존재감을 가진 강아지 구르미. 구르미와 함께 살면서 해야 할 일도 귀찮은 일도 늘었다. 집 밖에 나가면 문득문득 혼자 집을 지키고 있을 구르미가 떠올라서 서둘러 집으로 돌아오게 된다. 말로 설명하기 어려운 복잡하고 따뜻하고 소중한 마음이 하나 더 생겨버렸다. 우리가 선택한 또 하나의 삶이다.

강아지를
돌보며 배운 것들

나는 구르미를 돌보면서 구르미처럼 살면 좋겠다는 생각을 한다. 구르미는 산책을 할 때 원하는 길로 가고 싶어서 고집을 부리고, 그 길로 가지 않으면 네 발로 버티고 서서 움직일 생각을 하지 않는다. 구르미의 작은 발과 몸은 꽤 힘이 세다. 그러다가도 우리가 가야 하는 길로 방향을 바꾸면 금세 그 길을 따라 걸어간다. 자기가 바라던 길을 지나친 것을 개의치 않는다는 듯이 신나게 냄새를 맡으면서 걸어간다. 구르미는 이렇게 단순하게 산다.

모든 강아지들이 그렇듯 구르미도 먹는 것을 좋아한다. 특히 우리가 먹는 것에 엄청난 관심과 호기심을 보이는데,

그건 아마 먹을 수 없는 떡이 더 커 보이는 탓이겠지. 밥 먹는 우리를 바라보는 구르미 눈은 처음에는 아련한 동그라미였다가 먹을 것을 나눠주지 않으니 금세 세모가 된다. 고개를 휙 돌리고 얼굴을 숨기며 돌아눕는다. 삐졌나 싶어 밥을 먹자마자 구르미에게 다가가 쓰다듬는다. 구르미는 고민 없이 곧바로 배를 보여주거나 꼬리를 살랑거리며 나를 바라본다. 세모였던 눈이 금세 동그랗고 반짝이는 눈이 된다. 삐졌다는 것도, 다시 기분이 좋아졌다는 것도 그저 내 짐작이다. 강아지도 감정이 있다고 하니 내 짐작만은 아닐지도 모른다. 어쩌면 구르미는 나쁜 감정을 마음에 남겨두지 않는 생명체가 아닐까? 구르미의 작은 몸 안에는 나보다 훨씬 넓고 너그러운 마음이 있을 수도 있다. 구르미처럼 감정이 상하더라도 쉽게 마음을 비워낼 수 있는 사람, 조금 더 너그러운 마음을 가진 사람이 되고 싶다. 그런 사람이 된다면 적어도 남편은 기뻐할 것 같다.

♥

구르미 덕분에 소비와 본질에 대해서도 생각했다. 우리 집에 가져 온 구르미의 장난감은 딱 하나였는데, 구르미는 그 장난감을 좋아하지 않았다. 고무로 된 장난감을 던져주며 관심을 끌어봐도 영 시큰둥했다. 나는 그런 구르미에게 좋은 장난감을 선물하고 싶었다. 구르미가 우리 집에서 좋은 시간을 보냈으면 하는 바람에서였다. 강아지 용품을 파는 사이트에 접속한 순간 나는 내 앞에 펼쳐진 새로운 세상에 정신을 차리지 못했다. 내 취향을 관통하는 귀여운 강아지 장난감과 인형들이 잔뜩 있었다. 내 쇼핑은 끊었는데 강아지 용품 쇼핑은 처음이라 흥분해 버렸다. 시각적으로 귀여운 장난감을 클릭하고 리뷰를 살펴봤는데 강아지가 좋아한다는 리뷰가 있으면 마음이 마구 설렜다. 구르미가 좋아하는 모습을 떠올리며 장난감을 정신없이 장바구니에 넣었다. 잠깐일 뿐이었는데 어느새 6만 원어치가 넘었다. 앗, 사라진 줄 알았던 물욕이 여기서 터질 뻔했다. 장바구니에 넣은 것 중 딱 하나만 고르려다가 어느 하나도 고르지 못하고 도망치듯 쇼핑몰을 나왔다.

♥

생각을 바꿨다. 내 눈에 귀여운 장난감도 좋지만 구르미가 열심히 깨물고 마음 편히 물어뜯기 위해서는 굳이 귀여운 장난감이 필요하지 않을 수도 있다. 나는 구멍이 났지만 내년에도 한 철 더 입으려고 했던 잠옷 원피스를 꺼내 왔다. 그리고 구르미가 좋아해 주길 바라면서 뚝딱뚝딱, 삐뚤빼뚤한 바느질로 장난감을 만들었다. 겉면도 속면도 모두 원피스를 자른 면으로만 만들었다. 동그란 모양과 직사각형 모양의 장난감을 구르미에게 줘봤다. 호기심이 생긴 구르미가 장난감 쪽으로 다가왔다. 먼저 냄새를 맡게 하고 저 멀리 던져주었다. 구르미는 조심스럽게 다가가 보더니 내가 만든 장난감이 마음에 들었는지 덥석 물고 달려 왔다. 물고 온 장난감을 다시 뺏어 던지니 빠르게 달려가 물어 오길 반복했다.

그날부터 한 달 내내 구르미는 내가 만들어준 장난감을 열심히 씹고 뜯었다. 이빨이 뾰족한 탓에 장난감에 금세 구멍이 났다. 구멍이 나면 다시 바느질로 꿰매주거나, 묶어놓은 매듭을 다시 꽉 매주었다. 볼품없는 모습이지만 구르미는 개의치 않는다. 구르미를 통해 다시 본질을 떠올린다. 구르미가 원하고 좋아하는 것은 귀여운 장난감보다 편하게 씹을 수 있는 것, 그리고 사람과 함께 시간을 보내는 것이 아닐까.

♥

대가 없이 주는 사랑에 대해서도 생각했다. 구르미는 존재만으로도 사랑스러웠다. 하루하루 지날수록 우리가 하는 말을 곧잘 알아듣고, 우리 집에 적응했다. 사료를 잘 먹어주는 것만으로, 푹신한 곳에 자리를 잡고 깊은 잠에 빠지는 것만으로, 산책 나갈 때마다 신나게 냄새를 맡는 것만으로도 구르미는 충분히 사랑스러웠다. 구르미는 마음을 숨기지 않았다. 다른 공간에 있다가도 내가 보고 싶으면 토닥토닥 발소리를 내며 나에게 왔다. 그러다가도 자기가 원하는 곳으로 다시 떠나갔다. 등을 보여도, 나에게 와주지 않아도 구르미가 좋았다.

나는 어떤 대가도 바라지 않고 구르미에게 깊은 마음과 사랑을 주고 있었다. 그런 내가 낯설었다. 상대가 누구든지 이런 사랑을 줄 수 있다면 나도 조금 더 멋진 어른이 될 수 있을 거라는 기대가 생겼다. 사람은 동물보다 계산적이고 못된 마음이 있어서 인류애를 내다 버리고 싶을 때가 많지만 적어도 내 옆에 있는 사람들을, 특히 남편을 어떤 대가도 바라지 않고, 나를 더 사랑해 달라는 마음도 품지 않고 있는 힘껏 더 사랑하고 싶은 마음이 생겼다.

남편과 나만 살던 집에 강아지가 잠시 동안 머물었을 뿐인데 우리의 생활은 조금 달라졌다. 우리는 자주 구르미에 대해 이야기했다. 그로 인해 매일 비슷하게만 흘러가던 우리의 생활이 환기가 되었다. 조금 다른 생각을 하게 되고, 새로운 시선들이 생겼다. 구르미를 돌보며 조금 단순하게 사는 방법과 단순하게 사랑하는 방법을 배웠다.

3장

둘이서 매일 조그맣게
이 시국의 부부

피난처를 배앗긴 기분

    어느 날 예상하지 못했던 바이러스 시대가 열렸다. 코로나 확진자가 늘어가고 마스크를 쓰고 나가는 게 당연해졌다. 낯선 상황에 겁이 나기 시작했지만, 결국에는 나를 스쳐간 다른 전염병들처럼 소리 소문 없이 사라질 거라고 생각했다(그것도 분명 수많은 사람이 보이지 않는 곳에서 노력한 결과라는 것을 안다). 전 세계가 고통받는 이 바이러스 시대는 한 달, 두 달이 지나도 끝날 기미가 보이지 않았다. 해외 출장이 잦은 직업을 가진 남편은 당연히 일이 줄어들었고(정확히 말하면 없어졌다), 매일 하던 출퇴근도 잠정 중단되고 재택근무로 전환되었다. 재택근무는 불행 중 반가운 소식이었다. 덕분에 남편은 성인이 된 이후 제대로 가져보지 못한 '일하지 않는 시간'을 갖게 되었다. 우리가 함께할 수 있는 시간이 넘쳐흘렀다.

처음에는 즐거웠다. 남편이 매일 출근하지 않게 되니 매일이 주말 같은 기분이었다. 평일 점심에도 맛있는 음식을 해서 먹고, 아무 때나 함께 보고 싶은 영화를 봤다. 남편에게 일이 생기지 않으면 남편은 자유로운 몸이었다. 나도 덩달아 자유로운 몸인 것처럼 행동했지만 나는 그러면 안 됐다. 나는 월급 없는 프리랜서다. 일하지 않으면 돈을 벌 수 없는 운명이었다. 마음대로 시간을 쓸 수 있고 놀 수 있지만, 매일 그랬다가는 좋은 결말을 보지 못하게 될 거다. 일하지 않으면 안 된다는 것을 알면서도 남편이랑 노는 시간이 즐거워서 할 일을 뒷전으로 미뤘다.

나도 그만 놀고 일에 집중하고 싶었다. 하지만 문제가 있었다. 내가 일하는 테이블은 거실에 있었고, 테이블 건너편에는 커다란 TV가 있었다. 일을 하려고 자리에 앉으면 내 시선과 신경은 소파에 있는 남편을 향하거나, 남편이 보고 있는 TV를 향했다. 남편은 아무래도 자기 때문에 일을 못하는 것 같다면서 침실로 자리를 피했다. 침대에 누워있거나 침대에 앉아서 일을 했다. 남편은 자유 시간을 제대로 활용하지 못하고 자꾸만 내 눈치를 살폈다. 내 마음은 계속 불편해졌다.

♥

결국 '코로나 시대'를 보낸 지 6개월 만에, 각자의 시간을 방해하지 않기 위해 일명 '코로나 소비'를 하게 됐다. 우리 집만의 사정은 아니다. 재택근무가 시작되면서 집 안에 홈 오피스를 꾸리거나 노트북 하나를 올려둘 작은 테이블을 샀다는 사람들의 이야기를 여기저기서 들었다. 우리 집도 피할 수 없었을 뿐이다. 침실 안 빈 공간에 딱 맞는 테이블 찾아서 자리를 잡아줬다. 남편은 튼튼하고 크기도 적당한 책상이 생겼다고 좋아하는데 나는 영 찝찝한 기분이 들었다. 우리에게 필요한 소비였는데 어쩐지 마음에 들지 않는다. 침실에 들어설 때마다 이전과는 다른 알 수 없는 기분에 휩싸였다. 나는 곧이어 그 기분의 출처를 알게 되었다.

나는 침실에서 보내는 시간을 좋아했다. 침실은 수면에만 집중할 수 있는 공간이길 바라면서 퀸 사이즈 침대 하나와 작은 서랍장, 서랍장 위에 조명 하나만을 두었다. 자는 시간이 아닐 때에도 오롯이 나에게 집중하고 싶은 마음이 들면 침실로 들어가 안정을 취했다. 문을 닫고 조명을 켜면 작은 방 안이 노랗고 은은한 불빛으로 가득 채워졌다.

그 따뜻한 공간에서 나는 노래를 듣거나 침대 위를 뒹굴 거리면서 책을 읽었다. 나에게 침실은 나만의 작은 피난처였다. 그런 공간에 테이블이 들어와 있으니 속상한 게 당연했다. 이곳에서까지 일을 해야 한다니! 스트레스로부터 해방될 수 있었던 피난처를 빼앗긴 기분이 들었다.

남편은 새로운 테이블 앞에 앉아 보고 싶은 영상도 보고 일도 하면서 많은 시간을 보냈다. 하지만 나는 테이블을 잘 사용하고 있는 남편의 뒷모습을 바라보면서 코로나가 종식되면 테이블은 중고로 팔아야겠다고 계획한다. 반값에도 팔 수 없을지 모르지만, 반의 반값에 팔더라도 온전한 나의 피난처를 되찾고 말 거라고 다짐했다.

책상이 사라진다는 것은 남편이 다시 출퇴근을 하게 된다는 의미였다. 출퇴근하지 않아서 저렇게 행복해하는 남편을 보며 그런 마음을 품는다는 것이 조금 못됐다는 걸 알지만, 내 피난처를 되찾기 위해 이기적이면 좀 어떠냐고 생각했다.

♥

다행히 이기적인 마음은 얼마 후 감쪽같이 사라졌다. 아무리 노력해도 일에 집중이 되지 않던 날, 남편과 상의 후에 침실에 있는 테이블 위에서 일을 해보기로 했다. 거실

테이블에 있던 노트북을 가지고 침실로 들어왔다. 테이블 위에 올려둔 조명을 켠 뒤에 방문을 닫았더니 적막이 찾아왔다. 왼쪽에 있는 포근한 침대가 나에게 딱 10분만 쉬고 하라고 유혹하는 것 같았다. 따뜻하고 포근해 보이던 침대를 겨우 못 본 척하고 일을 시작했다.

미워하는 마음을 품었던 테이블에서 일을 하게 될 줄 몰랐지만 막상 일을 시작하니 집중이 꽤 잘 됐다. 온갖 것에 시선이 가던 거실 테이블보다 두 배 이상 효율이 났다. 온전히 나에게만 집중할 수 있던 공간은 온전히 일에만 집중할 수 있게 해주는 공간이 됐다. 빼앗겼다고 여겼던 피난처는 여전히 거기에 있었고, 그 공간에 테이블이 추가되면서 무한한 가능성의 공간이 되었다. 불행 중 또 하나의 반가운 소식이다.

별일 없는 주말,
별일을 만들었다

주말이 되면 어김없이 어딘가로 나가고 싶은 마음이 생긴다. 집에서 보내는 시간을 좋아하지만 몸과 마음이 자꾸만 밖을 향한다. 재밌고 특별한 일이 집 밖에 있을 거라는 기대감 때문일까. 그럼에도 우리는 집 밖으로 나가지 않기로 한다. 지난 주말에도, 지난달 주말에도 우리는 집에 있는 것이 최선의 선택이라 믿고 어디로도 나가지 않았다. 앞으로도 안전하게 놀 수 있을 때까지 우리는 계속 집에서 주말을 보낼 예정이다. 주말에 별 감흥이 없는 이유도 그래서겠지만.

금요일인 오늘도 아무 일정 없는 주말을 앞두고 있었다

면 평소처럼 그저 흘려보내는 하루였을 거다. 하지만 오늘은 달랐다. 남편과 나는 늦은 저녁에 설레는 마음을 가득 안고서 마트에 갔다. 내일 있을 특별한 일정을 위한 쇼핑이었다. 손님이 찾아오는 것도, 외출을 하는 것도, 기념일도 아니지만 내일은 우리에게 설레는 이벤트가 기다리는 날이었다. 우리는 내일 좋아하는 디즈니 영화를 마음껏 보기로 했고, 토요일이라는 평범한 이름 대신 '디즈니 무비 데이'라는 이름을 붙였다.

집에서 영화를 보는 게 매우 특별한 일은 아니지만, 그럼에도 내일이 유독 특별하게 느껴지는 이유는 '하루 종일'과 '마음껏'이라는 말이 붙은 날이기 때문이다. 나는 하루에 영화를 두 개 이상 볼 때가 있을 정도로 영화 보기를 즐긴다. 영화를 보면서 영감과 새로운 기운을 얻기도 하지만, 하루 네 시간이나 영화에 할애하게 되면 아무것도 안 한 것 같은 기분과 죄책감이 들기도 했다. 또, 소파에 가만히 앉아있는 것이 게으르게 느껴지기도 했다. 디즈니 무비 데이에는 죄책감과 시간 개념에 대해서 생각하지 않기로 한다. 내일은 그냥 영화 보는 게 할 일이다.

♥

권태롭게 거닐던 익숙한 마트 안을 기대감을 잔뜩 품

은 채 돌아다닌다. 내일 만들어 먹을 요리에 필요한 재료를 사고, 간식거리 앞에서 마음이 분주해진다. 어떤 것을 먹을까? 뭐가 좋을까? 내일은 특별한 날이니까, 평소 실컷 하지 못했던 군것질도 허락했다. 그리고 이 특별한 날에 빠질 수 없는 술을 사러 갔다. 맥주를 살까 달콤한 모스카토 와인을 살까 고민하며 주류 코너를 어슬렁거리다가 빈손으로 돌아섰다. 딱히 술이 당기지 않았다. 술을 그다지 좋아하지 않기도 하지만, 그보다 디즈니 영화와 술의 조합이 어색하게 느껴졌다. 우리는 고민 끝에 주류가 아닌 다른 음료를 카트에 담았다. 청포도 맛 탄산음료와 바나나 우유가 4개 들어있는 세트 하나였다. 술보다 더 큰 만족감이 느껴졌다. 바나나 우유를 생각해 낸 남편이 진지하게 멋있어 보였다.

♥

다음 날이 되었고 며칠 동안 고대하던 이벤트가 찾아왔다. 오늘 하루를 쾌적하게 보냈으면 하는 마음에 잠깐 청소 시간을 갖는다. 남편은 청소기를 들었고, 나는 쓸모없이 밖으로 나와있는 물건들을 제자리에 돌려놓으며 집 안을 정돈했다. 거실 구조도 바꿔보기로 한다. 우리 집 거실 구조는 커다란 테이블 앞에 소파가 있고 소파 건너편에 TV가 있는 구조였다. 소파에 앉아 음식을 먹으면서 디즈니 영화를 감상해야 하기 때문에 소파와 테이블의 위치를 바꾸었다. 이렇게까지 해야 하냐는 얼굴로 남편이 나를 바라보지만, 나는 단호하게 반응한다. "오늘 일정에는 이 구조가 맞지." 남편은 군말 없이 내 계획에 따라주었다.

조금 다른 모습이 된 거실을 뒤로하고 작은 주방에서 음식을 준비한다. 메뉴도 특별할 것은 없다. 평소에도 가끔 해 먹는 토마토 파스타, 그리고 토르티야 피자다. 나는 파스타를 만들고, 남편은 토르티야 피자를 만든다. 토르티야 하나에는 파스타에 넣은 토마토소스를 바르고 그 위에 모차렐라 치즈를 뿌린 뒤, 올리브유 한두 방울을 뿌려주었다. 모차렐라 치즈가 녹을 정도로만 구워주면 끝이다. 다음은 고르곤졸라 피자다. 고르곤졸라 피자는 조금 손이 더 간다. 다진 마늘과 버터를 녹일 정도로 끓여낸 뒤에 토르티야 위에 발라주고 모차렐라 치즈, 그리고 올리브유를 뿌려준다. 준비한 토르티야 피자를 팬에 올려 뚜껑을 닫고 구워준다. 소스를 바르는 것부터 굽는 데까지 5분쯤 걸린다. 토르티야 피자가 익어가는 사이에 오늘 보고 싶은 영화로 플레이리스트를 만든다. 볼 영화가 너무 많다는 행복한 고민에 본격적으로 설레기 시작했다.

식사와 함께 공식적인 첫 번째 디즈니 무비 데이가 시작
되었다. 영화가 끝나면 아쉬워할 새도 없이 그다음 영화가
시작되었다. 영화가 이어지는 사이 재밌게 보다가 나른해
져서 졸기도 하고, 환기를 위해 창문을 열기도 하고, 작은
집 안을 걸으며 먹은 것을 소화시키기도 했다. 이렇게 오랜
시간 TV 앞에 앉아있던 것도 오랜만이었다. 그래서 그런
가 알 수 없는 묘한 쾌감도 느껴졌다.

　　〈코코〉로 시작한 디즈니 무비 데이는 〈겨울왕국〉 1편과
2편, 〈주먹왕 랄프〉 1편과 2편, 실사 영화 〈알라딘〉, 그리
고 〈주토피아〉까지 이어지고 나서야 끝이 났다. 영화 감상
이 끝난 동시에 하루도 끝이 났다. 계획했던 것에서 큰 오
차 없이 소파와 주방을 오가며 몸과 마음이 모두 만족스러
운 완벽한 하루를 완성시켰다. 별일은 아니었지만 별일을
만들었고, 별일이었던 것처럼 하루를 보냈다. 아니, 어쩌면
별일이었을 수도 있겠다.

카페에 가려던 계획은
실패했지만

보일러가 가동되기 시작했다. 난방비가 무서워서 최대한 보일러 켜는 것을 미뤄왔는데, 더 이상 미룰 수가 없다. 양말을 신고 실내화를 신고 있어도 차가운 바닥이 느껴지고, 비상계단 쪽을 향한 거실 벽면에서는 찬 기운이 느껴진다. 완벽한 겨울이 된 것이다. 보일러가 열심히 일해준 덕분에 집 안은 금세 따뜻해진다. 따뜻한 집 안에서 어두운 창밖을 바라보다 보니 갑자기 카페에 가서 따뜻한 것을 마셔야 할 것 같다는 느낌이 들었다. 날이 추워져서였는지 일이 잘 안 풀려 마음이 조금 서늘해져서 그랬는지 모르지만, 카페에 가서 캐럴이나 따뜻한 연말 분위기가 나는 음악을 들으며, 반짝이는 트리와 크리스마스 장식 같은 것들이 둘러싸인 곳에서 잠깐이라도 시간을 보내고 싶었다.

오늘은 산책하는 대신 카페에 가면 어떻겠느냐고 남편에게 제안했다. 매트 위에서 스트레칭을 하던 남편은 곧바로 좋다고 한다. 우리는 바로 나갈 채비를 했다. 산책을 할 때는 세수도 하지 않고 모자를 푹 눌러쓰고 운동복을 입고 나가지만, 목적지가 카페라면 조금은 신경 쓸 필요가 있다. 세수를 하고 로션을 바른다. 편한 옷 말고 괜히 차려입고 싶은 마음이 든다. 옷장에서 코트를 꺼내고 따뜻하게 목도리도 했다. 준비를 마치고 카드 지갑 하나와 휴대폰만 들고 가볍게 나간다. 우리가 갈 곳은 집에서 고작 5분 정도 떨어진 동네의 번화가였다. 장을 보거나 은행 일을 보러 갈 때 며칠에 한 번 꼴로 나오는 곳이지만 외출을 위한 외출로 나와서 그런지 즐거운 기분이었다. 작은 공원을 지나 마주친 횡단보도 앞에서 어느 카페에 갈지 고민한다. 동네에 수많은 카페 중에서 느낌이 가는 대로 하나를 고른다.

♥

길을 건너 대형 프랜차이즈 카페 쪽으로 발걸음을 옮긴다. 따뜻하고 달콤한 음료랑 케이크도 한 조각 먹으면 좋겠다고 생각한다. 머릿속은 온통 달달한 것들로 채워진다. 그런데 카페 앞에 도착하자마자 그 계획에 차질이 생겼다는 것을 알게 됐다. 썰렁한 기운이 감도는 카페 안을 들여다본다. 손님이 한두 명 있지만 모두 손에 포장용 컵을 들고 있고, 카페 안에 있던 의자와 테이블이 한쪽으로 다 치워진 상태였다. 거리두기 단계가 격상됐다는 것을 아주 잠시 잊었던 우리 둘이었다. 며칠 전까지만 해도 카페 한쪽 구석에 앉아서 서너 시간쯤 일을 했었는데, 그 사이 또다시 상황이 나빠져 버린 것이다.

"아쉬우니 포장이라도 해서 나올까?" 하고 남편이 물었다. 지금 내가 원하는 것은 따뜻하고 달콤한 음료일까, 아니면 카페에서 보내는 시간일까. 곰곰이 생각해 보니 내가 원했던 것은 카페라는 공간이었다. 카페 안에서 마시지 못한다면 굳이 음료를 살 필요도 없었다. 카페 안으로 들어가지 않기로 했다. 어쩔 수 없지만 나온 김에 산책이라도 할 겸 동네를 한 바퀴 돌고 집으로 돌아가기로 했다. 카페를 등지고 뒤돌아서서 매일 보는 익숙한 건물들 사이를 걸었다. 익숙한 건물들 사이에서 낯선 것들이 보인다. 지난주에도 번듯하게 자리 잡고 있었던 식빵집이 사라졌고, 그 자리에 카페가 생겼다. 언젠가 와서 꼭 먹어봐야지 하고 생각만 하던 곳인데 사라져버렸다. 오래된 사진관이 사라진 자리에 토스트 가게가 생겼다. 얼마 안 되는 시간 사이에 새로운 공간으로 탈바꿈했다는 것이 놀라웠다. 동시에 몇 달 사이 동네에서 조용히 사라져버린 사진관 두 개를 기억해 냈다. 좋아하는 빵집에는 손님이 많아서 다행이었고 계속 여기에 있으면 좋겠다고 진심으로 바랐다. 그렇게 동네 한 바퀴를 돌고 다시 우리 집이 있는 아파트 단지로 향했다.

♥

터덜터덜 걸어가다 보니 우리가 사는 집이 보인다. 카페에 가려던 계획은 실패했고, 마시고 싶었던 따뜻한 음료는 한 방울도 마시지 못한 채 집에 돌아왔지만, 우리의 짧은 데이트에 실망하지 않는다. 데이트가 끝나더라도 함께하는 시간은 계속되기 때문이다. 연애하던 시절, 그럴 수 없었던 순간들이 떠올랐다. 각자의 집으로 돌아가기 아쉬워서 괜히 동네를 몇 바퀴씩 돌던 순간, 헤어지기 아쉬워 아파트 주차장에서 한참이나 시간을 보내다 겨우 헤어졌던 순간, 카페 마감 시간이 임박할 때까지 버텼던 시간들이 스쳐 지나갔다. 그러다 이 시대의 연인들은 도대체 어디에 가서 시간을 보내는지 궁금해졌다. 영화관, 카페, 쇼핑몰이나 식당에서 안전을 생각하며 조심스럽게 시간을 보내야 하는 지금. 그 어디에서도 실컷 그 순간을 즐길

수 없을지도 모른다는 생각에 조금 걱정스런 마음이 생겼다. 부디 각자의 방식을 찾았을 거라고 믿어본다. 이런 상황 속에서도 사랑은 계속될 테니까.

시간이 흐르는 게 아쉬웠던 연애 시절과 달리 지금 우리의 시간은 넉넉하다. 밤이 오는 것이 아쉽고, 하루가 끝나는 것이 아쉽게 느껴지던 그 시절은 지나가 버렸다. 엘리베이터를 타고 7층에서 내리니 우리 집 현관문이 보인다. 아직 보일러의 온기가 남아있는 우리의 집으로 들어와 곧바로 화장실로 향한다. 비누로 손을 30초 동안 깨끗이 씻고, 편한 실내복으로 갈아입는다. 이제 우리의 시절은 여기에 있다.

두 명의 주부

하루 중 몇 시간, 나는 주부가 된다. 밥을 짓고 설거지를 하고 필요한 식재료를 생각하며 장을 볼 계획을 짠다. 집 안에 부족한 생필품들을 빠짐없이 파악한다. 물건을 쌓아 두지 않아도 불편함 없이 생활이 유지되도록 힘쓴다. 빨래를 하고 빨래를 개고 청소를 한다. 하루 중 몇 시간, 남편도 주부가 된다. 우리 집에는 두 명의 주부가 산다.

누구든 미니멀리스트가 되기로 결심하면 그날 바로 미니멀리스트가 될 수 있다. 하지만 주부가 되기로 마음을 먹는다고 누구나 곧바로 주부가 될 수는 없다. 미니멀리스트는 처음에는 '비우기'에만 열중하면 그만이지만, 주부는 어느 하나에 집중할 수 없다. 한집 안에서 일어나는 모든 일을 알고 있어야 하고, 생활에 삐걱거림이 없도록 유지할 능력이 필요하다.

살림을 꾸려나가는 능력이 '0'에 가까운 우리 두 사람이 과연 잘 살아갈 수 있을까? 밥을 할 때 쌀을 몇 번이나 씻어야 하는지, 물은 얼마큼 넣어야 하는지 잘 모르는 우리가 굶어 죽지 않고 살 수 있을까? 더군다나 청소는 일주일에 몇 번 해야 하는지, 빨래는 언제 해야 하는지 기준도 없었다. 인수인계라도 받거나 누군가 옆에서 차근차근 하나씩 알려주면 좋겠는데 그럴 수 없었다. 우리는 어른이고, 여기에는 우리 둘뿐이다. 어느 하나 쉬운 일이 없었지만 안락한 가정을 위해서 하나씩 부딪혔다. 혼란스러움의 연속이었다. 다들 어떻게 살아가는 걸까 궁금했다.

♥

시간은 대부분의 문제를 해결해 준다. 나는 이제 혼란스럽지 않다. 냄비로 밥을 짓고 레시피 없이 만들 수 있는 반찬이 몇 가지 생겼다. 빠르게 설거지를 하고, 그 뒤에는 행주로 싱크대 주변을 닦아 뒷정리까지 말끔하게 하려고 한다. 물때를 남기고 싶지 않기 때문이고, 깨끗한 싱크대는 기분을 좋게 하기 때문이다. 집 안에 필요한 생필품들을 빠짐없이 파악하고, 바닥을 드러내기 무섭게 새로 구입한다. 여분을 쌓아두지 않아도 불편함 없이 생활을 유지할 수 있다. 나는 이제야 나를 주부라고 말할 수 있게 되었다. 아직 모르는 것투성이지만, 이 정도면 대단한 발전이 아닐 수 없다.

남편은 나보다 조금 늦게 주부가 되었다. 출근해서 돈을 버느라, 끝마치지 않은 학교에 다니며 공부를 하느라 바빴다. 결혼하고 3년 동안 아쉽게도 주부로서의 역량을 발휘할 기회가 없었다. 하지만 남편에게도 기회는 찾아왔다. 그 기회를 코로나바이러스가 가져다줬다는 게 조금 걸리지만, 남편은 집에 있는 시간이 늘어나면서 집안일에 적극적으로 참여하게 됐다.

남편과 나는 이 변화를 자연스럽게 받아들였다. 우리 두 사람은 상황과 때에 따라 유연하게 집안일을 분배했다. 한 사람이 요리를 하면 다른 한 사람이 설거지를 한다. 한 사람이 화장실 청소를 하면 다른 한 사람이 청소기를 돌리고 빨래를 한다. 비슷한 분배로 평화로운 생활이 이어졌다.

♥

남편은 코로나 시대 1년 만에 비로소 주부가 되었다. 냄비로 밥도 제법 맛있게 짓고, 미역국도 맛있게 끓일 줄 알고, 레시피만 있으면 몇 가지 요리도 뚝딱 만들어낸다. 설거지는 우리 집에서 제일 깔끔하게 하는 사람이 되었고, 청소와 빨래 그리고 화장실 청소까지 무사히 해낸다. 이제 남편은 주부 선배인 나의 지시가 없어도 자신이 해야 할 집안일을 눈치껏 알아차리고 아무 말 없이 척척 해낸다. 더 이상 남편이 집안일을 할 때 걱정도 되지 않고, 신경도 쓰이지 않는다. 남편은 어느새 내가 짊어지고 있던 집안일의 무게를 반쯤 덜어내 주었다.

남편이 어엿한 주부가 되어준 덕분에 나는 내 일에 집중할 시간과 집안일에서 자유로워질 수 있는 시간을 갖게 되었다. 진작 이런 상황이 찾아왔다면 집안일 때문에 싸우는 일 없이 신혼 생활이 훨씬 더 행복하지 않았을까? 그런 생각을 하니 한창 사랑만 하기에도 아까운 시간을 부부 싸움으로 채웠던 것 같아 아쉬운 마음도 든다. 하지만 그때 그 시간들이 있었기에 지금 우리에게 찾아온 이 평화를 더 소중하게 여길 수 있게 되었다고 확신한다. 우리는 미래를 위해 조금 소란스러운 시간을 보냈던 거라고.

♥

두 명의 주부가 한 집에 산다. 분명 반가운 일이지만 어쩐지 조금 귀찮기도 하다. 나보다 꼼꼼한 주부의 잔소리

호못—

가 늘어간다. 내가 대충 넘기던 일들도 남편은 그냥 넘어가는 법이 없다. 게다가 남편이 집안일을 하다 보니 내가 하던 방식과 다른 자기만의 방식이 생겼다. 남편은 내가 하던 것보다 더 깨끗하고 빠르게 집안일을 할 수 있다고 한다. 남편이 추구하는 방식을 보니 내가 하는 것보다 나아서 도저히 반박하지 못하겠다. 남편 방식을 받아들인다. 두 사람 중 누군가의 방식이 더 낫다면 그걸 따르기로 한다. 이유는 단 하나, 쾌적하고 평화로운 우리 집을 위하여.

혼자만의 시간이 좋다고
말하더라도 서운해하지 마

벚꽃이 필 무렵, 동네에 멋진 벚꽃 길이 있다는 것을 알게 되었다. 마음 같아서는 다른 지역의 유명한 벚꽃 길로 나들이를 떠나고 싶었지만 그때는 코로나 시대를 맞이한 지 3개월이 지난 때였고, 유명한 벚꽃 길은 바이러스에 노출될 위험을 막고자 전면 통제가 되고 있었다. 다행히 동네에 있는 벚꽃 길은 2미터 거리두기 현수막이 군데군데 걸려있을 뿐 통제된 상황은 아니었다. 그래도 두려운 마음이 있었기에 우리는 조심스럽게 절정이 조금 지난 시기를 기다렸다가, 사람들이 몰리지 않을 것 같은 저녁 시간에 가벼운 차림으로 집을 나섰다.

남편과 함께 맞이한 첫 벚꽃인 데다 한국으로 돌아와 4년 만에 보는 벚꽃이라 설렜다. 남편은 한국을 떠난 지 18년 만에 처음 벚꽃을 본 것이었다. 우리는 쉴 새 없이 밤의 벚꽃을 휴대폰 안에 담았다. 비록 집에 있다가 그대로 나온 편한 복장에 마스크까지 쓰고 있어서 기대했던 예쁜 사진을 남기기는 어려웠지만 함께 벚꽃을 보는 것만으로도 좋았다. 벚꽃나무를 따라 길게 이어진 산책로를 걷는 시간이 좋았고 동네에 이런 곳이 있다는 것을 이제라도 알게 되어 다행이었다. 그때 마음속에 작은 불씨가 생겨났다. 당장 내일부터 아침 산책을 나오면 좋겠다는 생각이 들었다.

다음 날, 아침 일찍 일어나 남편을 깨웠다. 남편은 딱히 반기지 않는 눈치였지만 마음을 바꿀 생각이 없어 보이는 나를 따라 산책을 나섰다. 그다음 날 아침에도 남편을 깨웠지만 남편은 산책 대신 잠을 선택했다. 나는 남편과 아무 목적 없이 산책하는 시간이 좋았는데 남편은 아니었던 것 같다. 남편을 깨우지 않고 혼자 나가기로 한다. 여전히 벚꽃이 흐드러지게 피어있는 산책로 입구에서 가볍게 스트레칭을 하고 아무 생각 없이 걷기 시작했다. 정해둔 반환점 없이 계속 걸었다. 아무 생각 없이, 아무 말 없이 그저 걷기만 하는데도 이상하게 좋았다. 그렇게 시작했던 산책은 계속 이어졌다. 한여름이 될 때까지 거르지 않고 밖으로 나갔다.

산책을 갔다 와서 씻는 시간까지 합하면 두 시간쯤 걸리는 여정이었지만 혼자 보내는 시간이 줄어든 나에게는 선물 같은 시간이었다. 나는 그 시간 동안 많은 생각을 하면서 마음속에 남은 감정의 쓰레기를 비워냈다. 집 안에서 해소하지 못했던 것들을 바깥에서 자연스럽게 정리했다. 혼자만의 시간도 필요하다는 것을 깨닫게 되었다.

♥

한여름이 되자 해가 빨리 떠오르고 햇볕도 강렬해졌다. 날씨가 바뀌자 즐겁기만 했던 아침 산책에도 쉽게 지쳐버렸다. 아무래도 산책하는 시간을 바꿔야 할 것 같았다. 해가 저무는 오후 시간으로 산책 시간을 바꾸니, 남편은 나의 산책에 관심을 가졌다. 산책을 꾸준히 해온 나를 보며 뭐 대단한 것이라도 있나 싶었을지도 모르겠다. 벚꽃이 휘날리던 그때 이후로 오랜만에 남편과 함께하는 산책이었다. 혼자 하는 산책이 내심 좋았기 때문이었을까, 막상 남편이 함께하겠다고 하니 조금 아쉬운 마음이 들었다. 남편과 함께하는 산책에 내가 혹시라도 실망할까 걱정도 했다.

혼자 걷던 길을 다시 남편과 함께 걷는다. 우리 앞에는 스마트폰도 노트북도 TV도 없었다. 그저 우리는 이야기를 나누며 눈앞에 보이는 길을 걷기만 할 수 있었다. 집 안에서는 각자 할 일에 집중하느라 나누지 못했던 깊은 이야기가 절로 흘러나왔다. 온전히 우리에게 집중할 수 있는 기회가 되었다. 남편도 산책 시간을 좋아하게 되었고, 둘이서 함께하는 산책도 좋았다. 혼자일 때와는 다른 의미의 좋음이었다. 그렇게 한겨울이 된 지금까지도 우리는 함께 산책을 한다. 혼자만의 시간은 조금 잃었지만.

♥

늦은 밤, 잠을 자려고 침대에 누웠는데 문득 오랜만에 혼자서 아침 산책을 나가고 싶다는 생각이 들었다. 상쾌한 기분으로 하루를 시작하고 싶다는 마음과 혼자만의 시간을 갖고 싶다는 마음이 합쳐진 생각이었다. 다음 날 아침에 일어나 미세먼지 예보를 확인한다. 다행히 '좋음'이었다. 곧이어 오늘의 날씨를 확인한다. 바깥 온도는 1도였고, 온도 위에는 눈송이 모양 그림이 붙어있다. 벌떡 일어나 베란다로 나갔다. 베란다 커튼을 열어 창밖을 보니 온 세상이 하얬다. 눈은 멈췄지만 눈이 다녀간 흔적이 선명하다. 새벽부터 조용히 왔던 걸까. 직접 첫눈을 보지 못해서 아쉬웠지만 그래도 뽀얗게 쌓인 눈을 밟을 수 있을 거란 기대가 생

겼다. 옷을 챙겨 입는다.

백예린의 신곡 앨범을 랜덤 플레이로 재생해 두고 후드 티에 패딩 그리고 목도리까지 꽁꽁 싸맸다. 분리수거할 종이 박스 몇 개를 들고 문밖으로 나오는데, 복도 쪽으로 난 창문 밖으로 하얀 풍경이 보인다. 멈췄던 눈이 다시 내린다. 잠깐 사이에 평평 눈이 내리기 시작했다. 다시 집으로 들어간다. 아직 깊은 잠에 빠져있는 남편을 깨워서 눈 내리는 풍경을 보여주고 내가 할 몫을 충분히 해냈다는 뿌듯한 마음으로 조용히 집을 나선다. 커다란 우산도 챙겼다. 눈은 예쁘지만 흠뻑 젖어 추워지는 것은 싫으니까.

오랜만에 눈 위에서 뽀드득 소리를 내며 걷는다. 미끄러지지 않게 한 걸음 한 걸음 조심스럽게 내딛는다. 우산 위에 눈이 쌓일 정도로 눈이 많이 내린다. 잔잔한 음악 소리와 우산 위로 눈이 떨어지는 소리, 눈을 밟는 뽀득거리는 소리가 들린다. 밖은 잔잔하게 소란스럽고 내 안은 고요하다. 우산 속에 오롯이 나를 위한 작은 공간을 만들고 아무 말 없이 떠오르는 생각들의 꼬리를 따라간다. 가끔은 노랫소리에 온전히 집중하면서 누구에게도 방해받지 않는 나만의 시간을 갖는다.

온통 하얗게 변한 세상이 반갑고 낯설고 아름다워서 한

두 걸음 가다 말고 사진을 찍는다. 사진을 찍을 때마다 남편을 떠올렸다. 남편에게 보여주고 싶은 지금 이 순간의 풍경을 잔뜩 담았다. 혼자서 즐거운 시간을 보낸 내게 서운할 남편에게 사진을 보여주는 것으로 함께하지 못한 시간을 대신하기로 한다.

혼자 보기 아까운 풍경들을
남편에게 보여주려
열심히 찍는 중

우리가 함께 있는
집이라면 어디라도

호주가 그립지 않느냐고 사람들이 물었다. 그런 질문을 받을 때마다 나는 언제나 호주가 그립지 않다고 단호하게 말했다. 호주를 좋아하지만 한국에 사는 게 더 좋아서 아직까지는 호주가 그립지 않다. 게다가 나는 고작 3년 정도 살다 온 것이라서 호주라는 나라에 그리움이라는 말을 붙이기에는 조금 어색함이 있다. 하지만 남편은 조금은 다를지도 모른다. 한국에서 산 시간보다 호주에서 산 시간이 더 길고 가족들도 여전히 호주에 있다. 하지만 다행히 남편도 아직까지는 나와 비슷한 마음이라고 한다. 가족들을 떠나와 종종 슬픈 마음이 들지만, 나와 함께 지내는 한국 생활도 마음에 든다고 했다.

하지만 이제 내가 한 대답을 번복해야 할 것 같다. 마음의 변화가 생겼다. 한국에 온 지 1년이 지나서야, 팬데믹 시대를 꼬박 1년 살게 되어서야, 마음대로 호주로 여행을 떠날 수 없게 되어서야 호주가 그리워졌다. 불현듯 호주의 공기가, 호주의 멋진 풍경이, 다양한 나라의 음식을 경험해볼 수 있는 식당들이 기억 속에서 선명해졌다. 며칠 전에는 당장 갈 수 없는 호주를 상상하며 가상 여행을 떠나기도 했다. 지금 단 하나의 식당에만 다녀올 수 있다고 하면 어디에 가서 무엇을 먹을지 말해보기도 했다. 남편은 소박하게 집 근처에 있던 베트남 식당에서 구운 돼지고기가 들어간 반미를 먹겠다고 했고, 나는 뺄모럴 비치에 있는 보트하우스에서 피시앤칩스를 먹겠다고 했다.

♥

한국으로 떠나올 때만 해도 비행기 값만 준비된다면 적어도 1, 2년에 한 번쯤은 가볍게 호주에 다녀올 수 있을 줄 알았다. 그래서 뒤도 돌아보지 않고 호주를 떠났다. 조만간 다시 놀러 올 것처럼 미련 하나 남겨두지 않고 왔다. 하지만 앞으로도 당분간은 한국 땅을 잠시라도 떠날 수 없을 것 같다. 더 긴 시간이 흐른 뒤에나 가능할지도 모른다. 전 세계에서 공식적으로 코로나 종식 선언을 한다 해도 마음이 편하지 않을 게 뻔하다. 변이 바이러스가 생겨나고 있고, 전 세계 사망자 수와 확진자 수가 계속 늘어나고 있다. 우리는 새로운 세상을 살게 되었다. 다시는 이전의 세상으로 돌아갈 수 없을 거라는 말이 과장된 게 아니라는 것을 몸소 느끼고 있다. 그런 세상에서 살게 되자 잠깐 머물던 나라에 대한 그리움이 더욱 더 깊어진다.

♥

호주를 그리워하게 된 것은 얼마 되지 않았지만, 우리가 함께 3년간 살았던 첫 신혼집은 그 집을 떠나야 하는 날이 정해지는 그 순간부터 그리웠다. 호주를 떠나는 것보다 그 집을 떠나는 것이 더 슬펐다. 우리의 첫 집이었다. 그 집에서 보냈던 시간들이 하나하나 소중한 기억이 되어버렸다. 그리 좋은 집은 아니었다. 지금 사는 집보다 10년은 더 오래된 작은 건물이었고, 원치 않아도 아랫집, 옆집 사정을 알게 될 정도로 방음이 잘 되지 않았다. 유난히 계절을 타는 집이라 겨울에는 바깥보다 춥고, 여름에는 바깥보다 더울 때가 많았다. 하지만 그 집은 온갖 불만을 감수하고도 여전히 사랑하게 만드는 마법 같은 매력이 있었다. 그 마법은 주로 창문이 부렸다. 주방과 거실로 이어지는 곳에 창문이 세 개나 있었다. 거실 쪽 창문에서는 해가 떴고 주방에서는 해가 저물었다. 하루 내내 시간이 흐르는 것을 실감했다. 3년간 매일 창문 밖 풍경을 보며 감탄했다.

해 질 녘 하늘이 아름다운 날이면 남편은 퇴근길에 사진을 찍어 보내줬다. 집에 있던 나는 남편이 보내준 사진을 보자마자 닫혀있던 블라인드를 높이 올려 창문 밖을 바라본다. 나도 구름이 예쁜 날이나 하늘이 유독 파란 날을 보게 되면 하늘을 찍어 실내에서 일하는 남편에게 보내준다. 다른 공간에서 같은 하늘의 아름다움을 주고받았다. 그 창문에 서서 남편이 출근을 하는 모습과 집으로 돌아오는 모습을 보았다. 남편을 오래 배웅하고, 조금 더 빨리 마중했다. 시시각각 변하는 순간들을 흠뻑 누릴 수 있었던 때가 그립다. 매주 내던 비싼 집세는 그립지 않지만.

♥

지금 우리가 살고 있는 두 번째 집은 첫 번째 집에 비하면 아쉬운 것투성이다. 집세는 저렴하지만 하늘을 보기 힘들다. 베란다 쪽 창문을 열면 건너편 아파트가 보인다. 하늘을 보려면 베란다에 서서 왼쪽을 올려다봐야 겨우 아파트들 사이에 있는 빈틈으로 하늘을 볼 수 있다. 집 안에서는 실컷 하늘과 풍경을 누릴 수 없다. 남편이 출퇴근하는

모습을 바라볼 수도 없는 구조다. 그렇다 하더라도 나는 이 집이 꽤 마음에 든다. 나는 여기에서도 자주 기쁨을 느낀다. 수백 세대가 사는 아파트 중 하나일 뿐이고 층간소음도 있다. 하지만 그리웠던 호주 집에서의 멋진 순간들을 함께 나누었던 사람이 여전히 나와 함께 살고 있어서일까. 이곳에서 누릴 수 있는 모든 순간들이 특별하게 느껴진다. 나는 되도록 그 순간들을 놓치지 않으려 한다.

나는 여기에서도 남편과 함께 밥을 먹고, 청소를 하고, 같은 침대에서 함께 잠든다. 펑펑 내리는 눈을 보고 좋아하고, 비 내리는 풍경을 바라보면서 느껴지는 감정과 기분을 나눈다. 사이좋게 나눠 가질 수 있는 행복이 우리가 사는 집에 있다. 그리움은 그리움대로 남겨둔다. 우리의 모든 순간을 이곳에 쌓아간다.

더 이상 나를
포장할 수 없다

예쁘게 차려입은 적이 언제인지 기억나지 않는다. 외출도 하지 않고 집에만 있다 보니 잠옷이 기본 착장이 되었다. 집에서의 남편과 나는 세상에서 가장 편안한 모습을 하고 있다. 거울에 비친 내 모습을 보면 웃음이 나온다. 떡진 머리를 아무렇게나 묶고, 잘못 자른 앞머리가 눈을 자꾸 찔러서 실핀으로 꽂아둔 모습이다. 거기에 누런빛이 감도는 렌즈가 달린 블루라이트 차단 안경까지 쓰면 완성이다.

남편의 모습도 웃기기는 마찬가지다. 며칠 동안 자르지 않은 콧수염과 턱수염이 보인다. 처음 만났을 때만 해도 남편 얼굴에 수염이 저렇게 두껍고 빠르게 자라지 않았는데, 남편도 나이를 먹었는지 금세 턱이 까끌까끌해진다.

우리는 이런 행색이 낯설지 않은 사이가 됐다. 오히려 이 모습이 가장 익숙하고, 세상에서 가장 편안하다. 우리는 더 이상 서로의 앞에서 스스로를 포장할 수 없고, 가면을 꺼내 쓸 수도 없다. 포장해 봤자, 가면을 써봤자 그 안에 있는 진짜를 알고 있다. 그래서 굳이 포장할 필요도 없다.

바깥에 나갈 때 나는 여러 개의 가면을 챙겨 나가곤 했다. 착한 나, 배려 깊은 나, 유쾌한 나 등등 보이지 않는 가면을 챙겨서 사람들 앞에 섰고, 덕분에 아무에게나 내 본모습을 보이지 않을 수 있었다. 하지만 가면의 무게는 가볍지 않았고, 가면을 쓰는 동안 나는 자유롭지 못했다. 남편과의 첫 만남부터 연애 초기까지 나는 착하고 긍정적인 사람처럼 보였을지도 모른다. 하지만 어느 순간 남편 앞에서 쓰던 가면이 버겁게 느껴지자 나는 그 가면을 예고도 없이 벗어던졌다. 벗겨진 가면 뒤에 있던 나는, 발가벗겨진 채 남편 앞에 선 나는, 종종 내가 이렇게까지 별로인 사람이구나 하는 생각을 했다. 또, 새삼스럽게 맘에 들지 않는 내 모습을 발견하기도 했다. 내가 생각보다 좋은 사람일지도 모른다는 생각을 하기도 하고, 반대로 세상에서 가장 못된 사람이라고 생각하기도 하다가, 결국 그게 다 내 모습이라는 것을 인정할 수 있게 됐다. 어떤 모습이어도 괜찮다고 말해주는 남편 덕분에 나는 점점 가면의 양을 줄여갈 수 있었다.

이제 남편 앞에서만큼은 나는 어떤 가면도 쓰지 않게 되었다. 며칠 씻지 않은 꼬질꼬질한 모습도, 쉽게 무너져 내리는 약한 정신력도, 못된 성격과 생리현상도 남편 앞에서 그대로 내보인다.

♥

우리는 결혼 전부터 생리현상을 참지 못했다. 피할 수 없던 나의 실수를 시작으로 우리는 마음을 조금 열게 되었다. 그 뒤로도 조심하며 참아보려고 했지만 서로의 장 건강과 함께 보내는 편안한 시간을 위해 자유로움을 주기로 했다. 자유가 주어져도 완벽하게 당당하지는 못하다. 남편이 편하더라도 불쾌감은 주고 싶지 않기 때문이다. 괜히 남편의 눈치를 살피게 된다. 공기청정기 쪽을 슬며시 바라본다. 공기 질이 나 때문에 나빠졌을까 봐. 우리가 내외하는 관계였다면 내 결혼 생활은 조금 불편했을 거라고 확신한다. 우리 사이가 조금은 지저분한 사이가 되었을지라도 나는 지금이 좋다.

생리현상을 말할 때면 친구네 집에서 일어난 귀여운 일화가 자동으로 떠오른다. 친구의 신혼집에는 방귀 방이라고 불리는 방이 있었다. 그곳의 본래 역할은 서재였지만 결혼한 지 얼마 되지 않은 신혼부부는 그 방에서 생리현상을 해결했다. 그때 나는 결혼하기 전이었지만 당시 남자 친구였던 남편과 다소 편안한 사이여서 집 안에 '방귀 방'이 있다는 것이 신기했다. 한 집에 살면서 어떻게 참을 수 있을까. 참는다고 참아지는 게, 숨긴다고 숨겨지는 것이 아니라는 것을 잘 알기에 의문이 들었다. 한편으로는 저 방귀 방의 존재가 언제까지 이어질지 궁금하기도 했다.

그 뒤로 몇 년이 흘렀다. 그 사이 결혼한 나는 더욱 자유로운 배출 생활을 이어나갔고 친구는 아이를 낳아 엄마가 되었다. 친구네 세 가족은 첫 번째 신혼집보다 방이 하나 더 생긴 큰 집으로 이사를 갔다. 집들이를 하던 날에 집 구경을 하다가 친구에게 방귀 방 위치를 물었다. 아직도 방귀 방이 살아있는지 궁금했고, 여전히 있다면 어떤 방이 그 역할을 이어받았는지 궁금했다. 친구는 코웃음을 쳤다.

"방귀 방은 무슨……."

친구는 아이를 낳고 난 이후 남편과 진정으로 가족이 되었다고 말했다. 그러고는 말을 아꼈다. 굳이 설명하지 않았

지만 나는 모든 상황을 이해했고, 여태까지 서로 참아낸 것
이 대단하다고 생각했다.

♥

혼자만 알고 싶은 내 본모습과 지저분한 모습을 남편과
공유한다. 나는 남편의 숨겨진 매력도, 약점도 잘 안다. 서
로에게 멋지고 좋은 모습만을 보이고 싶었던 때가 있었는
데 어느새 우리는 더 이상 보여줄 새로운 모습이 남아있
지 않은 사이가 되었다. 우리가 알아온 7년이란 시간은 그
런 큰 변화를 가져다주었다.

앞으로 10년 뒤, 20년 뒤에는 또 어떤 모습을 서로에게
보여주게 될까. 밑바닥부터 가장 좋은 모습까지 경험한 우
리는 앞으로 얼마나 더 서로를 발견해 낼까. 기대 반, 걱정
반이다.

새로운 일상에서 균형 잡기

남편이 직장을 옮겼다. 남편은 새로운 곳에서 다시 일을 시작할 수 있게 되었고, 매달 고정적인 수입이 생겼다. 우리에게 좋은 일이었지만 한편으로는 우리가 가졌던 일상을 떠나보내야 한다는 게 아쉬웠다.

그동안의 일상은 자유로웠다. 코로나바이러스 때문에 사실상 무급휴가 상태였던 남편은 하루 중 대부분의 시간을 마음대로 사용할 수 있었다. 나도 시간이 자유로운 프리랜서였다. 늦은 밤이든 이른 아침이든 일하는 시간을 마음대로 조정할 수 있었다. 그러다 보니 우리는 생활이 불규칙했다. 남편은 늦게 자고 늦게 일어났다. 나는 강아지 배변을 위해 이른 아침에 일어나고 남편보다 일찍 잠들었다. 하루를 시작하고 마무리하는 시간은 달랐지만 함께 식사를 하고 함께 영화를 보고 대화를 나누며 하루를 보냈다. 일하는 시간에는 서로를 방해하지 않으려고 애썼다. 나쁘지 않은 일상이었는데 이제는 그 시간들을 반납해야 했다. 더 이상 우리는 사람이 많이 몰리는 주말을 피해 평일 낮 시간에 데이트를 하거나 평일에 여행을 떠날 수 없게 되었다.

♥

새로운 일상은 하루아침에 우리의 생활을 바꿔놓았다. 고요했던 아침이 다시 분주해졌다. 남편은 평소보다 몇 시간은 더 빨리 일어나 출근 준비를 했다. 집에서 남편의 직장까지는 지하철로 한 시간이 걸리고 두 번을 갈아타야 한다. 걸어서 이동하는 시간까지 합치면 출퇴근 시간은 더 길어진다. 집에 돌아오면 어둑한 저녁이 되어서 늦은 저녁을 먹은 뒤 소화시킬 새 없이 잠드는 생활을 하게 됐다.

처음 한 달 동안 남편은 퇴근하고 돌아온 늦은 저녁과 주말에도 제대로 쉬지 못하고 일을 했다. 새로운 회사에 적응하기 위해서였고, 자신이 가진 능력을 증명해야 한다는 부담 때문이었다. 대화할 시간도, 함께 보내는 시간도 줄어버렸다. 우리에게서 떠나간 시간이 너무도 아쉬웠지

만 나는 남편에게 힘을 주며 지켜보는 수밖에 없었다.

나의 일상도 달라졌다. 남편이 출근 준비를 하는 동안 나는 주방에서 남편의 물통에 물을 채우고 남편이 간단하게 먹을 아침을 준비한다. 빵 한 조각이나 시리얼, 과일을 작은 그릇에 담는다. 남편이 출근을 한 뒤에 집을 정리하다 보니 평소보다 일하는 시간이 한 시간 정도 늦춰졌다. 일을 하다가 12시가 되면 점심 준비를 하고 밥을 먹는다. 한동안은 내가 먹을 점심을 만드는 것도 귀찮았다. 두 사람이 먹나 혼자 먹나 들어가는 정성과 시간은 비슷해서 왠지 가성비가 떨어지는 것처럼 느껴졌다. 점심을 차려 먹고 다시 일을 하다가 남편이 오기 전에 저녁 식사를 준비하기 위해 혼자 장을 보러 가거나 있는 재료로 음식을 만들었다. 다시 나 혼자 주부의 역할을 하는 생활이 시작되었다.

♥

정신없이 변화를 맞이하다 보니 알아차리지 못했는데, 달라진 일상 때문에 내 안에는 여러 가지 불만들이 생겨나고 있었다. 집안일을 혼자 하는 것은 큰 문제가 아니지만 내게 주어진 시간을 내 마음대로 사용하지 못하는 게 문제였다. 내 시간이 남편의 출퇴근에 영향을 받게 된 것이다.

남편이 집에 돌아오는 시간에 맞춰 저녁을 준비하려다

보니 일에 집중하다가도 시간에 쫓겨 하던 일을 멈추고 식사 준비를 해야 했다. 이전에는 먹을 게 없으면 같이 장을 봐 식사를 만들었는데, 이제는 혼자 나가서 장을 본다. 그러면 또 내 시간은 줄어든다. 달라진 상황에 나는 내 시간을 빼앗겨 버린 것 같아 섭섭했지만 그 와중에도 고생하고 돌아온 남편에게 따뜻한 식사를 차려주고 싶었다. 하루에 딱 한 번 함께 먹는 끼니를 대충 때우고 싶지 않다는 마음도 있었다. 맛있는 식사를 차려주고 싶은 마음과 내 시간을 뺏겨버린 아쉬운 마음이 한동안 싸웠다.

결국은 남편이 나보다 훨씬 더 힘들 거라는 사실이 내 안에 크게 자리 잡았다. 남편을 위해 맛있는 식사를 차려주고 싶은 마음이 이긴 것이다. 남편에게 내 시간을 맞추는 것에 불만을 갖지 않기로 했다. 나보다 더 지치고 힘들 남편을 생각했다. 내게 온 일상의 변화는 남편에 비할 바가 아니다. 나는 내 시간을 조금 빼앗겼고 할 일이 조금 더 생긴 것뿐이다. 입장을 바꿔놓고 생각해 본다. 남편은 지금 어떤 상태일까. 새로운 회사에 적응하느라, 회사에서 집을 오고 가는 길이 아직 익숙해지지 않은 상태라 몸에 무리가 갔을 거다. 회사에서도 긴장을 놓지 않으면서 적응하느라 고생하고 있겠지. 나는 결혼 초기와는 달리 남편의 상황을 생각해 보고 이해하려고 노력하고 있었다.

♥

꼭박 한 달간의 새로운 일상 체험 뒤에 우리는 여러 변화에 맞는 새로운 대안을 하나씩 찾아갔다. 나는 내 시간 관리에 더 힘을 썼다. 남편이 출근한 9시부터 오후 6시까지는 나도 회사에 다니는 것처럼 시간을 정해놓고 일했다. 그 이후에는 개운한 상태로 기분 좋게 남편과 함께 먹을 저녁 식사를 준비하는 걸 목표로 잡았다. 남편은 늦은 저녁 식사는 속을 불편하게 하니까 간단히 샐러드로 저녁을 대체하면 어떠냐는 의견을 냈다. 준비 시간도 줄어들고 내 시간도 조금 더 확보할 수 있지 않겠냐는 말이었다. 어떤 것이 우리에게 더 나은지는 해봐야 아니까 그렇게도 해보기로 했다. 우리는 차근차근 새로운 일상에 적응하며 균형을 맞춰갔다. 다른 누구를 위해서가 아니라 서로를 위한 시도였다.

우리가 여행하는 법

해외여행은 물론이고 국내 여행도 조심스러워진 시대를 살아가고 있다. 여행을 그다지 좋아하지 않는다고 생각했는데 어디로도 떠나지 못하게 되자 여행이 간절해졌다. 낯선 풍경 속에서 온갖 것들을 신기하게 바라보고 시종일관 신이 나있는 나를 오래도록 만나지 못했다. 의미 없이 가고 싶은 여행지를 떠올리다가 '랜선 여행'을 떠나본다. 태국은 어떨까, 뉴욕은 어떨까, 대만은 어떨까. 다녀온 사람들의 기록을 좇아 여행하는 기분을 실컷 내본다. 잠깐은 즐겁지만 그것도 하루 이틀이다.

두 눈은 열심히 낯선 풍경들을 담아내지만 나는 매일 살아가는 집 안에서, 매일 앉는 의자에 앉아, 매일 보는 화면 앞에서 아직 사라지지 않고 여기저기에 남아있는 점심 식사의 잔향을 맡는다. 춥지도 덥지도 않은 적당한 실내 온도에서는 후덥지근한 동남아도 한겨울의 뉴욕도 느낄 수 없다. 여행을 할 수 없으니 아쉬운 대로 우리가 함께했던 여행을 복습해 본다. 외장하드를 꺼내 우리의 여행 기록을 살핀다. 지금과는 사뭇 다른 표정이다. 서로를 바라보는 눈빛과 말투에서 풋풋함이 묻어 나온다.

♥

남편과 내가 처음 함께한 여행지는 호주 퀸즐랜드주에 있는 골드코스트였다. 첫 여행 때는 서로에 대해 제대로 알지 못했다. 그래서 우리는 각자의 의견보다 서로의 눈치를 살피느라 여행을 제대로 즐기지 못했다. 호주에 살던 남편은 호주에 익숙하다는 이유로 여행 일정을 짜고 여행 내내 나를 안내했다. 나는 그런 노력을 알기에 어떤 장소에 가든 어떤 식당에 가든 원래보다 더 과장된 표현을 했다. 맛있으면 '너무' 맛있다고, 좋으면 '너무' 좋다고. 즐거운 시간이었지만 그 여행에는 서로의 기분을 상하게 하지 않기 위한 긴장이 이어졌다. 결국에는 미리 결제한 주차 시간을 헷갈리는 바람에 주차 딱지를 뗐고, 시드니로 돌아가는 비행기 시간을 잘못 기억하는 바람에 비행기를 놓치고 말았다. 하필이면 그날 마지막 비행기였다. 다시 그때를 떠올리니 아찔하다.

한편으로는 나의 안일함에 놀란다. 그때의 나는 평소의 나와 달랐다. 평소에 나라면 몇 번이고 확인하고 또 확인했을 텐데 그때의 나는 진정한 내가 아니었다. 첫 번째 여행 이후 몇 번의 여행을 함께 했다. 그사이 우리는 서로에게 누구보다 편한 사람이 되었고, 각자가 좋아하는 여행 스타일을 말하지 않아도 아는 사이가 되었다.

♥

다행히도 우리는 여행 취향이 비슷하다. 바쁘지 않고 느슨한 여행 일정을 계획한다. 일정이 다소 무리하게 느껴진다면 유명한 관광지는 제쳐두기도 한다. 다음에 오면 가보자고 말하며 미루고 한껏 게으름을 피운다. 우연히 유명한 관광지에 발길이 닿는다면 반갑게 구경한다. 긴 여행보다는 짧은 여행이 더 좋다. 짧은 여행이더라도 여유 있는 여행을 하려고 한다.

숙소는 돈을 더 주고서라도 주방 시설이 있는 곳으로 정한다. 여행지에서도 직접 요리해서 먹는 것이 좋다. 외식도 물론 좋지만 식당을 고르는 것이 가끔 피로하게 느껴질 때가 있다. 열심히 찾아간 곳에서 만족스럽지 못한 식사를 할 때도 많았다. 그럴 때는 직접 해 먹는 게 마음이 더 편하다. 아침에는 시리얼이나 요거트, 사과, 바나나를 먹거나, 마트에서 저렴하게 산 바게트나 식빵에 딸기잼을 발라 먹는다. 저녁에는 스테이크를 굽거나 파스타를 만든다. 파스타는 마트에서 판매하는 소스를 사용하면 그럴싸한 맛을 낼 수 있고, 재료도 많이 필요하지 않아서 좋다. 이동 시간이 길다면 상황에 따라 도시락을 준비한다. 숙소에서 간단한 도시락을 준비해 이동하는 차 안에서 야금야금 먹는다. 멋진 식당은 더 멋진 식당으로 잊히기도 하지만, 차 안에서 오순도순 먹는 샌드위치는 잊으려야 잊을 수가 없다. 그런 소소한 재미가 더 오래도록 기억에 남는다.

♥

우리는 기념품 가게나 면세점에서 물건을 사지 않는다. 필요한 물건이 있다면 모를까 유명하다는 이유로, 누가 꼭 사야 한다고 했다는 이유로 구입하지 않는다. 여행지에서 빛이 났던 기념품을 집으로 가져왔을 때 빠르게 빛을 잃어 가는 것을 몇 번이나 보았다. 다만 구경하는 것은 좋아한다. 이런 것도 있구나, 이런 게 유명하구나 하는 정도랄까. 갖고 싶다는 생각이 들지 않을 때가 많아서 굳이 사 오지

않는다.

　하지만 여행지에서 쇼핑하는 재미를 빼놓을 수는 없
다. 우리는 대신 현지 마트에 가서 쇼핑을 한다. 여행지에
서 장보기를 하는 것도 우리의 여행 일정 중 하나다. 특히
나 여행지가 외국이라면 정말 즐겁다. 낯선 식재료와 처음
보는 과자들이 즐비한 곳에서 먹고 싶은 과자를 하나둘씩
골라 맛본다. 여행이 끝나고 집에 돌아왔을 때 여행을 떠
올릴 물건이 손에 남지는 않지만, 머릿속으로 우리가 경험
한 맛과 풍경을 언제든지 떠올릴 수 있다.

♥

　박물관이나 미술관에 가는 것도 빼놓을 수 없다. 시드
니에서 자동차로 세 시간 정도 남쪽으로 달리다 보면 호주
의 수도 캔버라에 닿는다. 호주의 봄이 시작되는 10월에
캔버라에서 열리는 꽃 축제에 간 적이 있다. 캔버라에 간
목적은 꽃구경이었지만, 꽃 축제의 규모는 다소 소박했고
구경하는 데도 그리 오랜 시간이 걸리지 않았다. 오랜 시
간을 들여 온 곳인데 이렇게 아쉽게 돌아갈 수 없었다. 근
처에 있던 호주국립박물관에 가보기로 했다. 우연히 방문
한 박물관에서 우리는 새로운 여행의 재미를 발견하게 되
었다. 1층부터 한 층씩 꼼꼼하게 살펴보면서 몰랐던 것을

알게 되는 것도, 역사를 배우고 자료들을 살펴보는 것도 좋았다. 우리의 공통된 여행 취향을 또 하나 알게 되었다. 우리는 이런 곳을 좋아하는구나! 박물관에서 꼬박 세 시간을 아주 즐겁고 보람차게 보냈다. 게다가 박물관은 대부분 입장료가 무료다. 안 갈 수가 없다. 그 이후 박물관, 미술관 또는 누구나 입장할 수 있는 오래된 도서관까지 우리 여행에서 중요한 목적지가 되었다.

♥

또 하나 중요한 여행 일정은 초록색 잔디가 펼쳐진 공원에서 여유롭게 시간을 보내는 거다. 가능하다면 숙소에서 먹을거리를 챙겨 가거나, 근처 카페에서 가볍게 먹을 수 있는 샌드위치나 따뜻한 빵을 사서 간다. 벤치에 앉아 먹다가 새들에게 공격을 받기도 하고, 잔디밭에 앉아 먹다가 엉덩이가 축축하게 젖는 불상사를 겪기도 한다. 자연을 고스란히 느끼다 겪는 일들이니 관대한 마음으로 이해하려 한다. 호수나 큰 연못 근처에서 오리나 새들이 둥둥 떠다니는 것을 보는 것도 좋고, 해가 잘 드는 곳에 앉아 아무 말 없이 멍하니 눈 안에 가득 찬 풍경을 바라보는 것도 좋다. 공원에 있을 때면 어두워지는 것이 아쉬워 하루가 더 길었으면 좋겠다고 바라게 된다. 따뜻한 햇살과 상쾌한 공기가 가득한 공원이 좋다. 우리와 멀리 떨어져 앉은 사람들의 말소리가 바람을 따라 흐르는 물소리와 함께 평화롭고 따사롭게 들려오는 순간이 좋다.

　이렇게 써놓고 보니 어느 노부부의 특별할 거 하나 없는 느긋한 여행을 기록해 둔 것 같다. 우리는 우리가 즐길만한 편안한 여행을 한다. 우리가 좋아하는 여행 방식을 되새기니 더욱더 여행을 떠나고 싶어진다. 당장 떠나지 못하는 지금을 아쉬워하기보다 그저 다시 자유롭게 떠날 수 있는 그날을 고대해 본다. 그때까지 일상이라는 익숙한 풍경 안에서도 자주 기뻐하고 즐거워하는 나와 우리로 살아가야지.

4장

가볍고 행복한

지속 가능한 사랑을 위하여

다른 사람을 품을
마음 하나쯤

빨래 건조기에서 보송하고 뜨끈하게 마른 빨래를 꺼냈다. 소파에 앉아있는 남편 위로 빨래를 내려두었다. 남편은 갓 꺼낸 빨래의 온기를 느끼는 것을 좋아한다. 남편 옆에 나란히 앉아서 곧바로 빨래를 갠다. TV에서는 가수 아이유의 라이브 영상이 나오고 있었다. 얼마 전 출연한 음악방송에서 아이유의 단독 공연이 열렸는지 유튜브 영상여러 개가 연이어 재생됐다. 다음 동영상이 계속 어이지는통에 빨래를 개는 동안 눈과 귀가 심심하지 않았다.

한 곡이 끝나고 무대가 바뀌어 또 다음 영상이 재생된다. 이번에는 내가 좋아하는 아이유의 〈밤편지〉가 나온다. 나는 음악이 흘러나오자마자 아이유의 목소리가 들리지도 않을 만큼 큰 소리로 노래를 따라 불렀다. 아이유는 어쩜 저렇게 노래를 잘 부를까. 귀로는 아이유의 목소리에 감동하고 입으로는 아이유의 노래를 따라 불렀다. 잠깐 사이 〈밤편지〉 라이브 영상은 끝이 났다. 다음 이어지는 영상은 또 다른 곡의 라이브 영상이었다. 하지만 남편은 "또 들어야지~"라고 하면서 방금 본 영상을 다시 재생했다.

남편이 내뱉은 말의 의미를 새길 틈 없이 〈밤편지〉가 다시 흘러나왔다. 나는 파블로프의 개가 된 것처럼 아이유의 목소리가 들리자마자 또다시 따라 부르기 시작했다. 한 곡을 완창하고 난 바로 뒤라서 감정도 좋았다. 코인 노래방에 혼자 온 사람처럼 노래를 부르는데, 옆에 앉아 빨래를 개던 남편이 슬며시 고개를 돌려 나를 쳐다본다. 아무 말도 하지 않았지만 그 짧은 순간 남편의 눈빛을 읽어버렸다. 분명 '조용히 좀 해줄래? 아이유 노래 좀 듣게'였다. 참 나. 언제는 내가 부르는 노래가 제일 좋다더니. 서운한 마음에 〈밤편지〉가 끝날 때까지 나는 입을 꾹 닫고 있었다. 이해는 한다. 남편은 단지 아이유의 무대를 제대로 즐기고 싶었을 뿐인데 내 목소리가 두 번이나 감상을 방해한 것이다.

남편의 마음속에 나 말고 다른 사람이 있다는 게 반가운 일은 아니었다. 남편은 오래전부터 가수 아이유를 좋아했다. 말로는 아이유의 음악을 좋아하는 거라고 하는데, 내 마음이 아니니 정확히 알 수는 없다. 하지만 나는 너그러운 마음을 가진 아내다. 남편 덕분에 나도 자연스럽게 아이유를 좋아하게 되었다.

호주에 살 때는 '한국 가서 하고 싶은 일' 목록 상위권에 아이유 콘서트에 가는 일이 있었다. 남편의 소망을 이뤄주기 위해 아이유 콘서트에 갈 수 있는 방법을 찾아보기도 했다. 콘서트 티켓을 구하기가 쉽지 않다는 것을 알게 되긴 했지만, 언젠가는 꼭 콘서트 현장에서 아이유의 목소리를 직접 듣게 해주겠다며 다짐하기도 했다. 현장을 느낄 수는 없지만 우리는 이렇게 방구석에서라도 좋아하는 가수의 라이브 공연을 볼 수 있다. 좋아하는 노래를 따라 부르며 아쉬운 마음을 달랠 수 있다.

방금까지만 해도 최고였던 기분이 남편의 반응에 약간 씁쓸해졌다. 남편 마음 한쪽에 아이유의 자리가 있다는 것이 크게 문제 삼을 일은 아니다. 잠깐 씁쓸하고 서운한 마음이 들었다 하더라도 나는 남편을 너그러운 마음으로 이해한다. 우리가 결혼을 했더라도 마음 한구석에 좋아하는 연예인의 자리 하나쯤 있을 수 있는 거니까(연예인과 운동선수 등만 가능하다. 일반인은 용납 못 해!).

누구든 만날 수 없는 연예인 한두 명쯤을 마음에 둘 수 있다. 사실은 나에게도 그런 자리가 하나 있다. '덕후력'이 많이 부족한 나는 흔히 말하는 '덕질'까지는 하지 못하지만, 작은 마음 한곳에는 언제나 멋진 누군가가 있다. 종종 나는 그런 마음이 생겨날 때면 남편에게 죄를 짓는 것 같은 기분이 들어서 남편 모르게 은밀하게 영상을 찾아보고 노래를 듣곤 했다. 하지만 요즘 세상에 비밀이란 없어서 금세 들통나 버린다. 손톱만 한 작은 마음 하나 제대로 숨길 수 없다.

유튜브에서 관심이 생긴 가수가 나오는 영상 하나를 보고 나면 그 가수와 관련된 영상들이 내 피드를 가득 채우기 시작한다. 내가 혼자 사용하는 계정은 충분히 감출 수 있다. 하지만 남편과 함께 보는 TV로 유튜브 영상을 하나 보게 된다면 난리가 난다. 친절하고 성실한 유튜브 알고리즘은 추천 영상에 내가 찾아본 가수의 영상을 띄우고, 그 가수 이름으로 카테고리까지 만들어준다. 쉽사리 사라지지도 않는다. 괜히 뜨끔하고 눈치 보게 되는 이 마음, 몹시 불편하다. 그럴 바에 차라리 남편에게 솔직하게 좋아하는 가

수에 대해 말하는 편을 택한다. 남편은 관심 없다는 듯한 얼굴을 하지만 나는 곧 남편의 매서운 눈빛을 보게 된다. 오랜만에 남편의 질투심이 피어오르고 있었다. 나는 애써 모른 체한다.

♥

각자의 마음에 자리를 만들어둔 가수의 노래를 들으면서 위로를 받고, 좋은 기분을 느끼고, 무대 위에서 춤추고 노래하는 열정적인 모습을 보면서 응원한다. 그 자리의 주인공이 얼마나 자주 바뀔지는 모르지만, 각자의 마음 안에 멋진 사람들이 자리할 조그마한 공간 하나쯤은 둘 수 있도록 쿨하고 너그럽게 이해해 주자고 일방적으로 말해본다.

유부녀의 삶

혼자 있는 것을 누구보다 좋아하던 나인데, 이제는 혼자인 상태가 어색하다. 외출을 할 때, 영화관에서 영화를 볼 때, 밥을 먹을 때에 혼자 있는 내 모습이 낯설게 느껴진다. 혼자인 것보다 둘이 더 익숙해진 것이다. 혼자인 순간에도 나를 혼자라고 생각하지 않는다. 친구들이 좋은 곳이나 맛있는 식당에 데려가주면 남편과 함께 다시 방문할 계획을 하는 나를 발견한다. 이렇게 남편이 없는 상황에서도 언제나 우리 두 사람 몫을 생각하게 되었다.

내 일상의 대부분은 남편과 함께하는 삶을 위한 일들로 채워져 있다. 내 옷을 구경할 때도 남자 옷을 둘러보며 남편에게 어울릴만한 옷을 찾고, 남편과 함께 뭘 먹으면 좋을지 매일·진심을 담아 고민한다. 열심히 일해서 돈을 많이 벌고 싶다는 마음 역시 나를 위한 것이기도 하지만 남편과 살아갈 우리의 삶이 조금 더 윤택하길 바라는 마음이기도 하다.

친구가 토요일 오후에 만나자고 하면, 대답하기 전에 남편에게 먼저 묻는다. 남편에게 토요일 오후 시간을 선점할 수 있는 기회를 먼저 내어주는 것이다. 가끔은 정말 남편의 허락이 필요한 일도 있다. 내 마음대로 한다고 큰 문제가 되는 것은 아니지만, 반대의 상황에서 남편이 나에게 말도 없이 어떤 결정을 한다면 섭섭할 것 같아서 상의를 하거나 허락을 받으려고 한다.

우리는 일상뿐 아니라 삶의 결정마저 서로 공유한다. 내 마음대로 결정하던 혼자일 때보다 내 삶은 조금 복잡해졌다. 결정을 하기 전에 상의와 허락이라는 단계가 하나 더 생겨났고, 내가 계획했던 것과 다른 선택을 해야 하는 순간도 많아졌다. 결혼을 선택하고 다른 사람을 내 생활 안으로 들여보기로 마음먹었을 때 이미 예상했던 일이다. 우리는 서로의 시간을 내어주고 받는다. 이제는 지금의 모습이 아닌 삶을 생각하기 어렵다.

♥

　그럼에도 가끔은 혼자가 아니라서 아쉬울 때가 있다. 아무리 사랑하는 사이라고 하더라도 우리는 서로 다른 인격체이고, 가장 편한 사이지만 서로를 100퍼센트 이해할 수는 없다. 서로 완벽히 동기화되어 있는 상태가 아니라서 우리는 함께하는 동안 원치 않게 상처를 주기도 하고 받기도 한다. 의도치 않은 말들로 다투기도 한다. 결혼 생활도 결국에는 인간관계여서 내가 아닌 다른 인격체인 남편을 대할 때 가끔은 피할 수 없는 피로감을 마주한다.

　아무 말도 하고 싶지 않을 때, 남편이 내게 하고 싶은 이야기가 있거나 나와 대화하길 원하기도 한다. 그럴 때는 남편이 하는 말에 아주 작은 리액션이라도 해야 서로 감정이 상하는 일이 없다. 반대의 상황이더라도 남편은 꾹 참고 내 이야기를 들어주고 대답해 준다.

　말하지 않아도 나의 기분을 헤아려주면 좋겠지만 나를 잘 알고 있는 남편이라 하더라도 모든 순간 내 마음 전부를 알아차릴 수 없다. 그건 나도 마찬가지다. 나는 남편의 기분과 마음의 온도가 달라졌다는 것을 알아챌 수 있지만, 정확히 어떤지는 알 수 없다. 아무 생각 없구나, 졸리구나, 멍하구나, 스트레스를 받았구나 하는 정도를 함께 살아가며

얻은 눈치로 알아차릴 뿐이다.

♥

수많은 다툼과 오해 끝에 우리가 배운 것은 말하지 않으면 아무것도 모른다는 것이다. 그래서 우리는 각자 입장을 말과 행동으로 직접 표현한다. 상황을 헷갈리게 만들거나 오해하지 않기 위해서다. 할 일이 많아서 조금 지친다고 말하면, 다른 한 사람은 눈치껏 조용한 집안 분위기를 조성한다. 충분히 쉴 수 있도록, 일하는 데 방해가 되지 않도록.

혼자 있는 시간을 필요로 한다면 언제든 자리를 비켜주고 혼자 있는 시간을 만들어준다. 누군가는 방에서, 누군가는 거실에서 필요한 만큼 각자의 시간을 갖는다. 결혼했더라도 우리 둘은 다른 사람이라는 것을, 또한 혼자있더라도 혼자가 아니라는 것을 잊지 않는다면 우리의 결혼 생활은 오히려 단순해질 수 있다.

물어보길 잘 했다.

추억은 어디 가지 않는다

"갑자기 거기 기억난다. 차 타고 가다가 잠깐 들렀던 고속도로 옆 카페."

남편이 오래전 기억을 꺼내 나에게 가져왔다. '고속도로 옆 카페'라는 말을 듣자마자 나는 오래도록 꺼내보지 않은 물건을 찾아내듯, 내 머릿속을 두리번거렸다. 그러다 '고속도로'와 연관된 작은 기억 조각을 끄집어냈지만 자주 꺼내보지 않았던 기억이라 좀처럼 뚜렷해지지 않는다. 남편은 내가 우리의 추억을 쉽게 떠올리지 못하자, 기억을 더욱더 구체적으로 설명했다. 남편의 말을 따라가며 흐릿했던 기억을 붙잡아 본다. 조금씩 카페의 모습과, 우리가 차를 타고 달렸던 고속도로의 모습이 선명해졌다. 결국에는 그 카페의 모습과, 카페 뒤로 낮게 펼쳐졌던 초록빛 풀밭, 그 날 주문한 음료까지 기억해 낸다. 꼬리에 꼬리를 물고 나타난 추억은 그날을 통째로 기억하게 했다.

♥

그날 우리는 캔버라에 갔다가 시드니로 돌아오는 길이었다. 고속도로 위를 달리고 있던 차 안에서 저 멀리에 혼자 덩그러니 서있는 카페를 발견했다. 우리는 카페 주차장으로 방향을 틀었다. 카페 앞에는 작은 동물 농장도 있었다. 허술한 울타리 안에는 양 몇 마리가 있었고, 커다랗지만 사람에게 다정한 개 몇 마리가 자유롭게 뛰어다녔다. 부모와 함께 방문한 아이들이 양을 자유롭게 만지고 개를 쓰다듬었다. 나도 그 틈에서 양을 만져보려다 깔끔쟁이 남편에게 저지당했던 기억도 났다.

그 카페에서 내가 주문한 음료는 차이라테. 이날 먹은 차이라테가 내가 호주에서 마셔본 차이라테 중에서 가장 맛이 좋았다. 그 맛을 잊지 못해 그날 이후로 카페에 갈 때마다 차이라테를 주문해 마셨다. 시간이 흐르면서 강렬했던 그 맛의 기억은 희미해졌지만, 몇 년이 지난 지금 다시 그때의 포근한 느낌을 떠올릴 수 있었다.

남편이 갑자기 왜 그날을 떠올렸는지 모르지만, 남편이 왜 그날의 기억을 나에게로 가져왔는지는 알 것 같다. 나도 가끔 불현듯 스친 공기와 분위기에서 지난 기억을 꺼내어 볼 때가 있다. 그럴 때면 나도 어김없이 남편에게 쪼르르 달려가 내가 기억하고 있는 것을 너도 기억하고 있느냐고 묻는다.

비 오는 날 우산 없이 걸었던 길, 별 기대 없이 들어갔던 식당에서 맛있는 식사를 하게 된 어느 저녁, 서로 아무 말 없이 해변가에 누워있던 뜨거운 여름날, 전기가 끊긴 날 밤에 가로등도 꺼진 깜깜한 길을 걸으며 나눴던 대화들, 맛없는 젤리를 먹었을 때 느꼈던 비슷한 감정까지 별 시답지 않은 이야기들이 우리 사이를 오고갔다.

같은 시간, 같은 자리에서 같은 기억을 공유하는 사람에게로 가서 추억에 대한 이야기를 나누고 싶어지는 것은 어쩌면 당연한 일. 우리 중 누군가 머릿속에 있는 추억을 꺼내 오면 한참을 그때의 기억에 대해 이야기를 나누곤 한다. 그러다 보면 문득 깨닫는다.

'우리가 함께 보낸 시간과 쌓아온 추억은 어디 가지 않고 우리 안 어딘가에 머무는구나.'

우리는 마음속에 가늠할 수 없을 만큼 많은 추억을 저장해 둘 수 있다. 그리고 그것을 언제고 꺼내 볼 수 있다. 우리가 처음 함께 봤던 영화의 포스터를 보게 되거나 그 영화의 OST를 들으면 그때의 풋풋함이 되살아나는 것처럼, 드라이브를 하면서 함께 들었던 노래를 어디선가 우연히 듣게 되면 그날의 공기를 다시 떠올리는 것처럼.

♥

우리 사이에서 일어난 싸움의 기억이나 부정적인 감정이 묻어있는 안 좋은 기억이 문득 선명해질 때도 있지만, 그건 굳이 꺼내지 않는다. 기억하지 않아도 될 기억들은 그냥 흘려보내기로 한다. 좋은 기억만 붙잡기도 아쉬운 시간이 흐르고 있음을 잘 알기 때문에.

울적한 마음을
달래줄 한 자리

　마음이 답답하거나 달콤한 케이크 한 조각으로도 씻기지 않는 나쁜 기분이 들 때면 나는 서점에 갔다. 서점에 가면 셀 수 없이 많은 책들이 나를 반겨주었는데, 이상하게 마음이 개운해지고 나빴던 기분도 좋아지곤 했다. 스트레스가 많은 날에는 서점에 가서 책을 샀다. 어떤 책을 얼마나 살지 생각하지 않고 그냥 발길이 향하는대로 움직였다.

　학교 다닐 때나 회사에 다닐 때, 내가 자주 찾던 서점은 교보문고 강남점이었다. 입구에 들어서면 왼편에 있던 각종 매거진을 시작으로 서점의 이곳저곳을 둘러보며 책을 뒤적인다. 어떤 섹션에서는 위로받고, 어떤 섹션에서는 영감을 받았으며, 어떤 섹션에서는 피로감을 얻기도 했다. 그러다 보면 어느새 내 손엔 두세 권의 책이 들려있었다. 책을 사고 나면 한 층 아래에 있는 핫트랙스에서 문구 쇼핑을 했는데, 노트 하나라도 구입을 한 뒤에야 서점에서 나올 수 있었다. 나의 '힐링'은 서점에서 아주 건전하게 이루어졌다.

♥

호주로 이사하고 얼마 후, 남편과 다툰 어느 날이었다. 기분이 울적해서 무작정 어디론가 떠나고 싶었다. 이럴 때 한국이었다면 친정에 가서 엄마가 해준 맛있는 밥을 먹으며 마음을 달래거나 나의 힐링 장소인 서점에 찾아갔겠지만, 아쉽게도 호주에는 친정도, 내가 좋아하는 서점도 없었다. 혼자 마땅히 갈 곳이 없어서 그냥 발길이 닿는 대로 트레인을 타고 마음이 가는 곳에 내려서 걷고 걸었다. 그러다 보니 어느새 나는 오페라 하우스 앞에 도착해 있었다.

'기분 전환할 겸 바람 쐬러 기껏 온다는 곳이 북적이는 관광지라니…….'

나는 오페라 하우스에서 벗어나기 위해 보타닉 가든으로 들어갔다. 보타닉 가든은 오페라 하우스 옆에 있는데도 한적했다. 처음 와본 곳은 아니지만 혼자 온 것은 처음이라

다르게 느껴졌다. 천천히 걸음을 옮겨보았다. 바다를 왼편에 두고 걷다가 큰 나무 아래에 있는 벤치에 앉아보기도 하고, 잔디밭에 옹기종기 모인 사람들을 구경하기도 했다. 조깅하는 사람들, 열심히 사진을 찍는 사람들을 보다 보니 어느새 해 질 녘이 되었다. 보타닉 가든에서 멋진 일몰을 볼 수 있다는 사실이 문득 떠올랐고, 그쪽으로 걸음을 재촉했다. 그리고 그곳에서 나는 호주의 '힐링 장소'를 만나게 되었다. 유명한 일몰 명소라 사람은 많았지만 누군가 배경음을 무음으로 바꿔놓은 듯 사방이 조용했고, 슬로 모션을 걸어둔 것처럼 모든 존재가 천천히 움직이는 듯했다.

사람들 사이에 자리 잡고 앉아 아무 생각 없이 오페라 하우스 뒤로 사라져가는 빨간 태양을 바라봤다. 잠깐 넋 놓고 멋진 풍경을 바라보는 사이 어느새 하늘은 까맣게 변해 있었다. 하나둘 작은 불빛들이 생겨났다.

'참 아름답구나.'

바다와 하늘의 경계가 모호해진 그 순간에 나는 자리를 털고 일어나 집으로 돌아가는 방향으로 걸었다. 이상하게 미웠던 남편의 얼굴이 보고 싶어졌기 때문이다. 누군가에게 하소연을 한 것도 아닌데 마치 누군가 내 이야기를 들어준 것 같은 느낌이 들었다.

♥

　나는 그 이후로 답답한 마음이 들 때면 보타닉 가든에 갔다. 잔디밭에 앉아 풍경을 바라보다 해 질 녘이 다가오면 어김없이 '미시즈 매쿼리스 포인트'에 가서 멋진 일몰을 지켜본다. 핑크빛 하늘을 만난 날은 기분이 배로 좋다. 해가 저물고 집으로 향하는 트레인에 올라탈 때쯤이면 내 마음은 가벼워져 있고, 따뜻한 뭔가로 가득 채워져 있다. 웃으면서 돌아갈 수 있다.

　살아가는 내내 울적한 마음을 달랠 곳을 하나쯤 마련해둘 거다. 동네에 한적한 카페도 좋고, 어느 공원도 좋고, 집 앞 놀이터도, 영화관도 좋다. 얼마 동안 자리 잡고 앉아서 나만을 생각할 수 있는 단 한 자리면 충분하다.

보타닉 가든 안
미시즈 매쿼리스 포인트

내가 살고 싶은 집

　미니멀리스트가 된 이후에 남편이 내게 이런 말을 한 적이 있다. 나의 미니멀리즘은 어쩌면 갑자기 시작된 것이 아니라 전부터 서서히 시작되고 있었던 것 같다고. 가장 가까이에서 나를 지켜봐 온 남편은 나의 미니멀리스트 선언 전부터 내가 어딘가에 꽂혀있었다고 이야기했다. 그건 바로 작은 집이었다.

　미니멀리즘에 관심을 갖기 전, 내가 관심을 가졌던 건 소형주택이었다. 나의 심미적 취향은 언제나 작은 것으로 향했다. 실용과는 거리가 먼 귀엽고 작은 손가방, 주차가 간편한 것을 포함한 여러 장점이 있지만 자동차로는 가치가 떨어진다고 평가받는 귀여운 경차를 좋아했다. 작은 것에 대한 관심은 작은 평수의 귀여운 집으로 확장됐다. 어느 날 우연히 귀엽고 작은 집을 발견했다. 잠깐의 관심일 뿐이라고 생각했는데 매일매일 그 작은 집이 더 궁금해졌다. 작은 집에 대해 더 자세히 찾아보다가 바퀴가 달려있는 이동식 주택도 알게 됐다. 많은 걸 알게 될수록 작고 귀여운 집에 대한 막연한 로망이 생겼다.

♥

일단 작은 집에서 살기 위해서는 가지고 있는 물건의 양이 적어야 했다. 집 안에 불필요한 물건들이 자리할 공간이 없으므로, 작은 집 안에서 편하게 지내기 위해서는 살아가는 데 꼭 필요한 물건만 가지고 있어야 한다. 그런 생각들이 무의식에 조금씩 자리를 잡다 보니, 자연스럽게 내가 살고 있는 집 안으로 시선이 향하게 된 것이다.

집 안을 둘러보니 온통 물건으로 꽉 막힌 곳들이 보였다. 이 짐을 나의 로망인 작은 집에 넣는 것은 불가능해 보였다. 미니멀리스트가 된 실질적인 이유는 집안일이 귀찮다는 것이었지만, 사실은 작은 집에 살아보고 싶다는 마음을 포함한 여러 생각이 쌓여서 미니멀리스트가 된 것일지도 모른다.

미니멀리스트가 된 이후부터 본격적으로 작은 집과 이동식주택에 매료되었다. 삶에 꼭 필요한 물건만을 넣은 작은 집에 대한 욕심이 더 커졌다. 작은 집 앞에는 작은 마당이 있으면 좋겠고, 마당 한쪽에는 각종 작물을 키울 수 있는 작은 텃밭이 있으면 좋겠다. 파, 마늘, 양파 같은 기본 식재료부터 고구마나 감자, 상추 같은 것까지 심을 수 있어서 자급자족하며 살아가는 일상을 체험해 보고 싶다. 그러면 음식을 만들 때 필요한 식재료를 언제든지 문밖에서 구해올 수 있다. 싱싱한 파를 뽑아 오고, 막 자란 상추를 뜯어오는 생활을 해보고 싶다. 지금 살고 있는 아파트보다 훨씬불편한 일상을 갖게 될 걸 알면서도 그런 집에서 살아보고 싶다고 생각한다.

하지만 아쉽게도 나와 함께 살아가는 사랑하는 남편이 주택을, 그것도 작은 주택을 그다지 좋아하지 않는다. 남편은 작은 주택을 볼 때마다 답답해 보인다고 말했다. 초대하지 않은 벌레들이 땅과 가까이에 있는 집으로 마음껏 찾아오는 것이 싫다고 했다. 잔디를 깎고, 낙엽을 쓸고, 쌓인 눈을 치워줘야 하는 귀찮은 일이 가득한 주택에서 굳이 살고싶지 않다고 말했다.

사실은 나도 소망일 뿐, 당장 작은 주택에서 살아갈 자신은 없다. 이상과 현실 사이에서 기웃거리고 있는 중이지만, 결국 현실을 택하게 될 거다. 그러면서도 호기심이 생긴다. 소형주택의 삶이 궁금하다. 기회가 생긴다면 한 달정도라도 경험해 보고 싶다. 이런 지독한 아내의 소망에 굳게 닫혔던 남편의 마음도 조금씩 열리기 시작했다. 남편의 입에서 텃밭에 대한 이야기가 나오더니 스마트팜을 꾸려보고 싶다는 이야기를 한다. 자급자족 라이프에 관심이 생긴 것 같더니 작은 집에 대해서 긍정적인 반응을 보였다! 나는 이럴 때 성급하게 굴지 않는다. 기쁜 마음을 억누르고 적당히 맞장구를 친다.

남편의 마음이 변하기 시작하자, 조심스럽게 함께 살아갈 '작은 집 라이프'를 상상해 본다. 철없이 해맑은 생각으로는 하루하루 보람차고 재밌을 것 같다. 한편으로는 걱정되는 게 한두 가지가 아니다. 안전 문제나 귀찮은 집 관리의 고충, 편리하게 누려왔던 많은 것들이 아쉬워지기도 할거다. 막상 작은 집에 살다 보면 텃밭이 징글징글해질 수도있다. 처음에 신이 나서 이것저것 심고 성실하게 가꾸다가도 몇 달 후에는 텃밭 관리에 지쳐 메마른 땅을 만들어버릴지도 모른다. 작은 집보다는 크고 편리한 집을 더 간절하게 바라게 될 수도 있다. 이것저것 재고 따지다가 결국 우리는 작은 텃밭이 있는 작은 집에서 살아보지 못할 수도 있다.

그럼에도 상상해 본다. 작은 집에 살고 싶은 마음은 가진 짐을 줄이는 삶을 상상하게 한다. 작은 텃밭은 농부가 되는 꿈을 꾸게 하고, 새싹이 돋아나는 봄에 씨앗을 심어보고 싶은 마음을 품게 한다. 경험하지 못한 삶과 모습을 꿈꿔보고, 소망해 보고, 궁금해하고, 기대하는 것만으로도 삶은 재미있다.

엄마가 될 수 있을까

남편의 꿈은 빨리 결혼을 해서 가정을 이루는 것이었다. 나보다 어린 남편은 이른 나이에 나를 만나 결혼했고 꿈을 이뤘다. 결혼은 남편의 꿈이기도 했지만, 나도 원하는 일이 었다. 본인은 수월하다고 생각한 적 없다지만 내 눈에 남편은 결혼해서 가정을 이루는 꿈을 그럭저럭 수월하게 이룰 수 있었다. 꿈을 이룬 남편은 결혼 생활에 만족하며 즐거워했다. 만족스러운 것은 나도 마찬가지였다. 결혼이 꿈은 아니었지만 사랑스럽고 믿음직스러운 남편과 살아가는 지금이 꽤 마음에 든다. 남편에게는 또 하나의 꿈이 있다. 아빠가 되는 일이다. 사랑하는 남편의 남은 꿈마저 이뤄주고 싶지만, 그 이유만으로 선뜻 아이를 가질 수는 없었다.

나는 단 한순간도 엄마가 되고 싶었던 적이 없었다. 아이를 배 속에 품은 나의 모습도, 엄마가 된 나의 모습도 상상하기가 어렵다. 아이를 낳는 것도 두렵다. 나와 남편을 닮은 아이를 낳아 기르는 것을 겨우 떠올릴 때면 더욱더 엄마가 되고 싶지 않아진다. 도무지 내가 할 수 없는 일 같다. 내가 과연 배 속에 있는 새 생명을 세상 밖으로 내보내고, 그 아이가 무사히 자랄 때까지 내 삶을 희생하면서 살 수 있을까? 잘 모르겠다.

♥

남편은 아이를 좋아한다. 아이를 좋아하는 만큼 잘 돌보는 편이다. 친구나 지인의 아이들도 남편과 얼마간 시간을 보내면 남편을 좋아하고 따른다. 남편이 아이를 좋아한다고 말하는 것이 입에 발린 말이 아니란 것을 나는 잘 알고 있다. 그런 남편이라면 내 희생 없이도 우리의 아이를 알아서 잘 키울 것이다. 남편의 꿈이니까 온전히 남편을 위해, 남편만을 믿고 아이를 낳을까도 생각했다. 하지만 그것은 무책임한 일인 것 같다. 남편에게 독박 육아라는 짐을 짊어지게 할 수는 없다. 아이를 낳아두고 나 몰라라 하는 사람은 되고 싶지 않다. 그래서 나는 더욱 아이 낳는 일에 신중해진다.

나는 아기를 딱히 좋아하지 않는다. 귀여운 생명체인 것은 알지만 가까이하기엔 먼 느낌이 든다. 친한 친구들의 아이들에게는 마음이 조금은 열려있다. 친구와 친구 배우자의 얼굴을 오목조목 닮은 아기들을 보면 기분이 좋아지고, 애교 가득한 동영상이나 사진을 보면 너무 귀엽다. 아이들이 조금씩 성장하는 모습을 옆에서 지켜보면서 진심으로 건강하게 자라길 바라고, 좋은 날이 가득하길 바라는 마음이 커진다. 하지만 그런 마음만으로 엄마가 될 수 있을지는 모르겠다.

아이가 돌을 지날 때까지 친구 부부가 했던 고생을 가까이에서 듣고 또 그 이후에도 계속 그 부부에게 생기는 고난들을 보아왔다. 친구들은 솔직한 경험과 생각을 가감 없이 내게 전해준다. 하루가 다르게 자라는 아이들이지만, 아이들은 절대로 저절로 자라지 않는다. 특히나 건강하게 잘 키우기 위해서는 내가 가늠할 수 없는 노력이 필요하다. 그걸 알기에 더욱 겁이 나고, 두려움이 커진다. 나는 감당할 수 없을 것 같다는 생각이 늘어간다.

♥

결혼 생활 내내 아이 없이 살고 싶다는 마음과 그래도

아이를 낳아 길러야 한다는 마음이 엎치락뒤치락했다. 언제는 50대 50이었다가 어느 날은 49대 51일로, 또 어느 날은 51대 49로 시시각각 달라진다. 이런 나와는 달리 언제나 남편의 마음은 변함이 없다. 사실 나는 아직도 확신하지 못한다. 하지만 그 고민의 시간도 그리 오래 남지는 않았다. 30대 중반에 들어선 내가 아이를 낳을 수 있는 시간은 점점 줄어들고 있기 때문이다. 괜히 조바심이 든다. 만약 아이를 낳지 않게 되면, 시간이 흐른 뒤에 아이를 낳지 않은 것을 후회하지 않을까? 반대로 아이를 낳았다면 아이 낳은 것을 후회하지는 않을지 걱정이 된다.

미래에 우리가 경제적으로 풍족하지 않아서 아이에게 충분한 지원을 해줄 수 없을까 봐 걱정하고, 나와 남편이 아이를 위해서 하고 싶은 일을 포기하고 하고 싶지 않은 일을 하게 되었을 때 아이 탓을 하지 않을 수 있을지, 후회하지 않을 수 있을지를 걱정한다. 무서운 세상 속에서 어떤 시련이 와도 아이를 지켜낼 수 있을지 모르겠다. 나는 여전히 혼자 서기에도 많이 부족한 사람이기에 더 두렵다.

♥

결혼 5년 차가 된 지금, 나는 이제야 마음의 문을 조금 열어두었다. 어쩌면 나 같은 사람이 엄마가 되어도 괜찮을

지도 모른다. 생각이 달라진 이유는 꽤 시시하다. 나는 좋은 엄마도 나의 엄마 같은 엄마도 될 수 없을 거라는 사실을 인정했다. 그랬더니 조금은 마음이 편안해졌다. 그냥 지금의 나 같은 엄마도 괜찮을 수 있다고 생각했더니 조금 덜 두려워졌다. 나를 괴롭혔던 것은 좋은 엄마가 되지 못할지도 모른다는 두려움이었을까.

미래에 내가 엄마가 된다면 부디 그 결과가 다른 누구를 위한 일이 아니었길 바란다. 엄마가 되지 않았다고 하더라도 절대 후회하거나 스스로를 탓하지 않기를 바란다. 결국 나는 오랜 고민 끝에 어떤 값진 결정을 한 것일 테고, 그 결정 뒤에는 남편과의 깊은 대화와 진심이 있을 게 분명하다. 쉬운 선택도, 잘못된 선택도 아닐 것이다.

'소미'도 예쁜데 고소미는 너무 과자야..
라니!는... 고라니...
'시원이'는 중성적이라 좋은데 너무 고시원이지..?
고.. 고싱?
ㅎㅎㅎ
아이는 없지만 아이 이름 짓는 취미는 있음

부부 싸움 시즌 1 종료

부부 싸움에 승리자는 없다. 열받은 패배자와 조금은 억울한 패배자만 있을 뿐. 연애 시절의 싸움은 대부분 서로를 이해하지 못해서 시작된 싸움이었다. 이 세상 어디에 살고 있는지조차 모르고 지낸 시간에 비해 우리가 알고 지낸 시간은 너무도 짧았다. 평생을 봐온 부모와 자식 사이에서도 서로를 이해 못 해 싸우는 일이 다반사인데, 만난 지 1년도 안 된, 피도 안 섞인 두 사람이 싸우는 것은 당연한 일이었다.

세상 어디에도 싸우는 걸 좋아하는 사람은 없을 것이다. 나도 싸우고 싶지는 않았다. 싸우고 난 후에 어색한 시간도 반갑지 않고, 의미 없이 소모되는 감정도 아깝다. 사랑하기만 해도 부족한 시간인데, 좋은 게 좋은 거라는 것을 알고 마음에 단단히 새겨두었는데도 자꾸만 싸울 일이 생겼다.

남편은 처음 만난 순간부터 지금까지 다정한 사람이지만 의외로 싸움의 시작은 언제나 남편의 입 때문이었다. 초등학교 때 호주로 이민을 간 남편은 우리말의 의미와 뜻을 제대로 모르고 있었다. 그래서인지 순간순간 내뱉는 말이 나의 신경을 긁는 경우가 많았다. 물론 그런 때도 내가 조금만 너그러운 마음으로 잘 들어주고 오해하지 않았다면 좋았겠지만 그 당시의 나는 마음의 여유가 없었다. 이것저것 지적하고, 이런 말 대신 이런 말을 사용하라고 말했다. 나보다 다섯 살 어린 이십 대 초반의 남자에게 꼰대처럼 굴고 있는 나 자신도 별로 마음에 들지 않았다(그 시절의 나, 사춘기였나……).

남편의 장점은 사과를 잘 한다는 거였다. 하지만 마음이 심각하게 삐뚤어져 있을 때 나는 사과를 받고 미안할 짓을 왜 하냐고 되물었다. 남편은 정말 미안하다고, 미안할 짓을 해서 미안하다고 말했다. 사람은 착한 사람 앞에서 본색을 드러내곤 한다. 이런 착한 사람에게 잘해줘야지, 아니면 착하니까 더 못되게 굴어야지. 나는 싸움이 시작되면 이

중인격자처럼 그 두 사이를 왔다갔다 했다.

사랑이 깊어지면 깊어질수록 내게도 심경 변화가 생겼다. 남편을 이해하는 마음도 커졌고, 상처 주고 싶은 마음도 사라졌다. 그럼에도 싸움은 계속되었다. 지금은 제대로 기억나는 사건도 없다. 기억력 좋은 내가 기억하지 못할 정도라면 정말 별일 아니었던 거다. 아니면 내가 기억하고 싶지 않아 지워버렸을 수도 있다. 싸움을 건 쪽은 백이면 백 다 나였다. 남편은 내게 단 한 번도 먼저 화내거나 소리친 적이 없었다. 싸움을 시작할 사소한 원인을 제공했을 뿐이다.

♥

어김없이 다투던 어느 날이었다. 정신을 차려보니 내 앞에는 억울한 얼굴을 하고 있는 남편이 서있었다. 우리 주위에는 부정적인 감정들이 가득 채워져 있었고, 우리 사이에 흐르는 공기는 공허했다. 지금 이 순간이 우리에게 어떤 도움도, 의미도 되지 못한다는 것을 느꼈다. 누구를 위한 지금인지도 알 수 없었다. 나에게는 화를 내지 않을 충분한 기회가 있었다. 기분이 상하더라도 큰 소리가 아닌 작은 소리로, 짜증 섞인 말투가 아니라 침착한 평소 내 말투로 평정심을 유지하며 내 의견을 충분히 전달할 수 있는 상황이 있었다. 그런데도 나는 의견을 전달하는 가장 세고 못된 방법을 택했던 것이다. 고스란히 우리에게 상처로 돌아오는 것도 모른 채 언제나 그랬다. 나는 남편을 사랑하지만 참지 않았다. 남편이 받을 상처를 고려하지 않았다. 내 감정과 나 자신이 먼저였다.

더 이상의 무의미한 싸움이 반복되지 않기를 바랐다. 내가 화를 내지 않으면 가능한 일이었다. 화내거나 흥분하지 말아야지 다짐했다. 화내지 않고 남편에게 묻는다. '왜 말을 그렇게 했어?' 남편은 내가 오해해서 억울하다는 입장을 내세운다. 흥분한 상태에서는 남편의 바른말도 제대로 귀에 들리지 않는 경우가 있으니 차분하게 대답을 듣는다. 정신을 붙잡고 이야기를 들으니 남편의 입장이 이해가 된다. 그럴 때마다 나는 지난 내가 부끄러워진다. 조금 더 들어볼 걸, 조금 참아볼 걸. 남편이 기억하는 내 얼굴 중 반 이상이 화내는 얼굴일지도 모른다는 생각을 하면 창피하기까지 하다. 그동안 남편이 가졌을 억울함을 이제라도 달랠 수 있을까? 너무 늦지 않았다면 좋겠다.

♥

우리의 싸움은 잦아들었다. 하루걸러 하루 바쁘게 이뤄지던 우리의 부부 싸움은 한 달에 두 번에서 한 달에 한 번으로, 다시 두 달에 한 번으로 줄어갔다. 다툼 없이 보내는 평화로운 시간들이 이어졌다. 기분이 상하는 일이 있다면 서운한 감정을 내비치며 작게 투덜거릴 뿐이다. 둘 중에 한 명이 용서받지 못할 큰 잘못만 하지 않는다면 이 평화와 결혼 생활은 계속될 수 있을 거다.

요즘 남편 얼굴에는 평화가 가득하다. 심심해 보일 지경이다. 그런 남편에게 혹시 내가 요즘 화를 안 내서 서운하냐는 말을 해본다. 남편은 무슨 이상한 소리를 하냐는 듯 쳐다본다. 오늘도 이렇게 무사히 하루가 지나갔다.

두 번째 프러포즈

남편은 종종 나에게 프러포즈를 받고 싶다고 말했다. 남편이 나에게 한 번 해줬으니까, 본인도 받아보고 싶다는 것이었다. 처음에는 그냥 흘리는 말인 줄 알았는데, 잊을만하면 한 번씩 말하는 걸 보니 진짜 받고 싶었나 보다. 너무도 순수하고 정확하게 요청하는 통에 무시할 수가 없었다. 남편이 이렇게까지 바라는데 안 해줄 이유도 없었다.

생각해 보니 언제나 나는 남편이 해주는 이벤트를 받는 입장이었다. 나 모르게 깜짝 선물이나 꽃을 자주 준비해 줬다. 그에 비해 나는 해준 것이 없어서 괜히 미안한 마음이 들었다. 이제라도 남편에게 프러포즈를 하기로 결심하고 좋은 기회를 기다렸다.

♥

기회는 생각보다 빨리 찾아왔다. 우리는 결혼 1주년을
맞아 시드니 달링하버에 새로 생긴 호텔에서 하룻밤 숙박
하기로 했다. 호텔에서 일하는 지인의 찬스로 무려 절반
값으로 할인을 받고 묵을 수 있었다. 결혼 1주년, 좋은 장
소. 두 번째 프러포즈를 하기 딱 좋은 기회였다. 마침 남편
이 결혼반지를 잃어버린 상태였기 때문에 새 반지를 구입
해서 '서프라이즈! 눈물 펑펑, 감동의 프러포즈 현장'을 연
출하기로 했다.

남편이 잃어버린 반지는 남편이 나에게 프러포즈를 할
때 나눠 낄 목적으로 구입했다가 자연스럽게 결혼반지
로 신분 상승(?)을 한 반지였다. 결혼반지 치고 비싼 편은
아니지만, 두 번째 프러포즈를 위해 새로 구입하기에는 부
담되는 가격이었다. 처음에는 장난스럽게 장난감 반지를
사서 나눠 낄까도 생각했는데 그보다는 잃어버린 것과 같
은 반지를 사는 편이 좋을 것 같았다. 남편이 반지를 샀던
주얼리 브랜드 웹사이트에 들어가서 반지를 둘러봤다. 거
기에 우리가 끼던 반지와 같은 디자인이지만 우리가 끼던
골드가 아닌 상대적으로 저렴한 로즈 골드 반지가 있었다.

같은 색이 아니지만 디자인은 같다. 내 주머니 사정을 생각해 봐도 이쪽이 합리적일 것 같았다.

동네 쇼핑센터에 있는 주얼리 브랜드 매장을 찾아갔다. 친절한 얼굴을 한 매장 점원이 내게 다가왔다. 어떤 것을 찾느냐고 묻길래 로즈 골드 반지를 가리켰다. 점원은 내게 반지 호수를 물었다. 미리 알아 온 남편의 호수를 말했더니 점원이 의아한 표정으로 나를 쳐다보았다. 누구를 위한 선물인지 물어서 남편에게 선물할 거라고 했더니 당황스러운 얼굴을 했다. 점원이 내게 정말 남편에게 주려는 게 맞느냐고, 남자들에게 로즈 골드는 어울리지 않는다고 말하면서 은이나 금은 어떠냐고 제안했다.

사실 내 생각에도 남자에게 로즈 골드는 어울리지 않을 것 같고, 은이나 금을 사고 싶었지만 내게는 그만한 금전적 여유가 없었다. 나는 남편에게 생활비를 받아 사용하고 있었고, 갑자기 남편에게 반지를 살 만큼 돈을 달라고 하면 남편이 나의 깜짝 프러포즈를 미리 눈치챌 수도 있었다. 이런 내 상황을 구구절절 설명하고도 싶었지만 내 영어 실력에 한계가 있었다. 나는 점원을 똑바로 쳐다보면서 어설픈 영어 실력으로 입장을 강경하게 밝혔다. "사실 나도 금을 사고 싶어. 그런데 돈이 없어!" 그제야 점원은 나를 이해해

주었다. 다시 친절한 얼굴을 한 점원이 반지를 깨끗하게 닦아 브랜드 로고가 그려진 작은 파우치에 넣어주었다. 돈을 지불하고 애써 밝은 얼굴을 한 채 매장에서 빠져나왔다.

♥

우여곡절 끝에 반지를 구입하고 집으로 돌아왔다. 남편이 없는 틈을 타 편지도 썼다. 미리 노트에 쓸 말을 적어두고 스케치북을 가져왔다. 커다랗고 두툼한 종이 위에 다시 옮겨 적었다. 편지 마지막 부분에는 사온 반지를 붙여두었다. 나의 소박한 프러포즈 준비는 끝났다. 책상 어딘가에 숨겨두었다가 호텔에 가기 전날 몰래 짐 가방 속에 넣었다. 눈치 빠른 남편이 미리 알아버리면 재미없으니 나름 치밀하게 준비했다. 프러포즈의 맛은 비밀이니까!

하룻밤 묵을 호텔에 가기 위해 캐리어에 짐을 잔뜩 쌌다. 겨울이기도 했고 저녁때는 근처에 뷔페에서 식사를 할 예정이라 그때 입을 옷도 챙겼다. 집에서 1시간 정도 걸리는 시드니 달링하버에 캐리어를 끌고 오니 호주에 여행 왔을 때가 생각났다. 그때도 이 근처 호텔에서 묵었었다. 그때는 남편과 결혼할지도 몰랐고, 내가 호주에 살게 될지도 몰랐다. 정신을 차려보니 우리는 결혼을 했고, 호주에서 살고 있었다. 사람 일은 역시 모를 일이다.

♥

호텔은 생각보다 더 멋졌다. 호텔 두 면이 통유리창으로 되어있어서 멋진 달링하버가 한눈에 가득 들어왔다. 그 전경과 해 질 녘의 아름다움을 오래도록 간직하고 싶어서 한참 사진을 찍었다. 저녁때는 옷을 갈아입고 식사를 하러 다녀왔다. 지인이 준 음료 쿠폰으로 라운지에 가서 맥주도 한 잔씩 마셨다. 배도 부르고, 알코올 기운도 약간 돌았다. 방으로 돌아와서는 편안한 옷으로 갈아입고 준비해 온 와인과 곁들여 먹을 치즈를 세팅했다. 한 잔을 다 마셨을 때 나는 슬금슬금 가방을 집어 그 안에서 주섬주섬 반지와 편지를 꺼냈다.

남편 앞에 서서 편지를 낭독했다. 남편은 영문 모르는 얼굴을 하고 나를 바라봤다. 준비한 편지를 다 읽고 끝 부분에서는 프러포즈의 완성이라 할 수 있는 무릎도 꿇었다. 그리고 남편의 손가락에 반지를 끼워줬다. 서프라이즈 프러포즈에 감동적인 편지까지! 이쯤 되면 남편 눈에서 적어도 눈물 한두 방울은 흘러나왔을 거라 생각했다. 기대에 가득 찬 얼굴로 남편을 올려다봤는데, 남편이 초롱초롱하지만 바짝 메마른 눈을 하고 나를 바라봤다.

준비한지도 몰랐다면서 잔뜩 신이 난 남편의 얼굴을 보

니 기분이 좋긴 했지만, 이상하게 자존심이 상했다. 나는 프러포즈를 받았을 때 펑펑 울었는데 남편은 이리도 즐거운 표정이라니. 아무리 두 번째 프러포즈라지만 너무하다는 생각이 들었다. 평소에 드라마나 영화를 볼 때는 잘만 울더니 이런 감동적인 순간에 눈물 한 방울 흘리지 않는다고? 눈물이 있는 프러포즈와 없는 프러포즈는 묘하게 다르다. 성공인지 실패인지 알 수가 없다.

눈물은 없지만 어쨌든 남편에게는 다시 결혼반지가 생겼고, 나름의 감동과 즐거운 기억이 남았다. 더 이상 프러포즈해 달라는 소리는 안 하겠지? 그래도 나는 남편이 원한다면 또 해줄 거다. 대신 반지는 없다.

마음껏 사랑할 수 있는
사람이 있다

좋아하는 일을 매일 꾸준히 한다. 영화를 보고 책을 읽고 음악을 듣는다. 일이 바쁠 때도 잠깐 시간을 내면 충분히 누릴 수 있는 것들이다. 나는 내가 좋아하는 것을 남편과 함께할 수 있길 바란다. 책읽기는 같이 하기에 무리가 있지만, 종종 내가 읽은 책의 내용을 남편에게 이야기해 주기도 한다. 관심 있는 내용이라면 집중해서 듣고, 관심이 없는 재미없는 내용이라면 집중하지 못하는 때도 있다. 언제나 내가 하는 이야기를 누구보다 집중해서 들어주는 남편이지만 내가 하는 모든 이야기에 집중할 수는 없을 거다. 나도 마찬가지다. 반응을 보고 남편이 좋아하는 것과 흥미 없는 것을 눈치 빠르게 파악한다. 모든 것을 들어주길 바라지 않고, 내가 좋아하는 모든 것을 같이 좋아해 주기를 바라지 않는다.

♥

음악은 남편과 함께할 수 있는 것 중 하나다. 나는 그날 기분에 맞는 음악을 틀어놓고 집안일을 하는 것을 좋아한다. 요즘에는 음악 좀 들어본 감각 있는 사람들이 분위기나 상황에 맞는 플레이리스트를 만들어둔다. 음악은 좋아하지만 좋은 음악을 찾는 것을 귀찮아하는 나 같은 사람에게 그런 플레이리스트는 단비 같다. 나는 마음껏 그들의 노고를 누린다.

산책을 할 때는 블루투스 이어폰을 나눠 끼고 같은 노래를 듣는다. 문득 세상의 발전이 낯설게 느껴질 때도 있다. 예전에는 이어폰 하나로 같은 노래를 들으려면 이어폰 줄 만큼의 거리만이 허락됐다. 두 사람이 사이를 좁혀 바싹 붙어 있어야 했다. 요즘에는 적당한 거리를 두고 함께 노래를 들을 수 있다. 어쩔 수 없이 가까운 거리를 유지해야 했던 낭만은 없지만 보이지 않는 전파가 우리를 연결해 준다. 선이 있든 없든 이어폰 한 쌍을 귀에 꽂고 같은 노래를 들으며 함께 걸을 수 있다는 것만은 변하지 않는 사실이다.

문제는 남편이 듣고 싶은 노래와 내가 듣고 싶은 노래가 다를 때가 많다는 거다. 나 혼자 산책할 때는 내가 듣고 싶은 노래를 눈치 볼 것 없이 실컷 듣지만, 남편과 있을 때는 다르다. 남편도 남편만의 음악 취향이 있고 듣고 싶은 노래가 있다. 서로 이견 없이 듣고 싶은 노래를 찾다가 시간을 흘려보낸다. 그럴 때는 인기 차트에 올라온 음악을 듣는 게 제일 편하다. 아니면 그냥 대화하면서 걷는다. 좀처럼 좁혀지지 않는 취향을 억지로 바꾸지 않는다. 각자의 취향을 유지하다 보면 어느 순간 남편이 나의 취향에, 내가 남편의 취향에 가까워지기도 한다. 둘의 취향에 비슷한 지점이 생기면 여느 때보다 기쁜 마음이 든다.

♥

우리가 진심으로 함께 즐길 수 있는 것은 영화다. 얼마 전 〈엘프〉라는 영화를 처음 보게 되었다. 왜 이제야 이걸 보게 된 건지 싶었을 만큼 좋았다. 모든 사람들의 마음을 따뜻하게 만들어주는 재밌고 유쾌하고 귀여운 영화였다. 우리는 영화의 주인공 윌 페렐의 매력에 푹 빠져서 그가 출연한 영화들을 하나씩 보았다. 그 배우에게 신뢰가 생겼고, 우리의 취향이 맞닿는 지점이 또 하나 생겼다.

최근에는 〈룸론다링〉이라는 6회 분량의 일본 드라마

를 보았다. 살던 집을 떠나지 못한 유령을 저승으로 보낸 뒤에 집의 역사를 세탁해서 다시 내놓는 일을 하는 조카와 삼촌의 이야기다. 매회 죽은 사람들과 사랑하는 사람을 떠나보낸 사람들의 이야기가 나온다. 연인이나 가족 간의 이야기와 미처 전하지 못한 진심을 전하는 내용이 많았다. 내용에 푹 빠져서 보다 보면 어느새 가족이자 연인인 우리가 서로의 곁을 떠나게 되는 상상을 자연스럽게 하게 되었다.

우리는 슬픈 장면을 볼 때마다 약속한 듯이 울고 마는 울보 부부다. 슬픈 감정이 커지면 눈물을 뚝뚝 떨어뜨린다. 이 드라마를 보면서는 유독 감정이 쉽게 달아올랐다. 남편은 내일 당장 내가 죽거나 어디론가 떠나가 버리면 어떡하느냐면서 갑자기 오열하기도 했다. 남편은 얼굴을 잔뜩 찡그린 채 눈물을 펑펑 쏟아냈고, 당장 시련이 닥친 것도 아닌데 마치 그런 것처럼 울고 있는 그를 보니 나도 덩달아 눈물이 차올랐다. 한편으로는 이 상황이 좋았다. 순간의 감정과 걱정을 숨김없이 드러내 보일 수 있는 사람이 옆에 있다는 사실에 안심했다.

♥

가끔씩 나는 우리에게 남은 시간을 가늠해 본다. 사랑하는 이 사람과 앞으로 60년은 함께 살 수 있을까? 내가 여든이 되거나 남편이 여든이 됐을 때도 서로의 곁에 있어줄 수 있을까? 물론 쓸데없는 생각이라는 것을 안다. 언제나 사고는 예기치 않게 찾아오고, 단단한 마음일지라도 쉽게 연약해지거나 부서질 수 있다. 오늘이 집을 나서는 남편의 뒷모습을 볼 수 있는 마지막 날일 수도 있다는 무서운 생각을 하다가, 무사히 돌아온 남편을 보며 안도하길 수십 번이었다. 걱정이 유독 많기도 하지만 나는 사랑하는 사람을 잃는 것이 두렵고, 가능하다면 내게 그런 일이 일어나지 않길 바란다.

서로 힘을 주어 팽팽하게 긴장감이 흐르던 때가 있었다. 관계에 믿음이 있음에도 불안이 가시지 않던 때가 있었다. 우리는 지금 힘을 주지 않고 마음껏 표현하며 거리낌 없이 진짜 마음을 말하고 보여준다. 불안한 생각이 들 때마다 나는 우리에게 주어진 지금을 조금 더 잘 살아내기 위해 노력한다. 가시 돋친 모진 말을 내뱉기 전에 한 번 더 생각해 본다. 그리고 참아낸다.

우리의 끝은 알 수 없다. 그럼에도 분명 우리의 끝은 존재한다. 그 끝에서 우리의 지난 시간을 후회하고 싶지 않다. 떠난 뒤에, 빈자리를 마주한 후에 후회하고 싶지 않다. 그래서 한 순간 한 순간 최선을 다해보려 한다. 쉽지 않다

는 것을 안다. 삐죽대는 마음, 치사한 마음이 불쑥 튀어나오지만 우리는 같은 마음을 가지고 있다는 것을 잊지 않는다. 그래서 취향이 조금씩 어긋나는 일쯤은 쉽게 이해할 수 있다.

우리에게 있는 마음

우리 집에는 유리로 된 물병 두 개가 있다. 유리병은 보리차를 담아 먹는 용도다. 생수를 사 마시거나 정수기를 들이지 않고 보리차를 끓여 먹는 생활을 2년쯤 이어왔다. 물병 두 개에 우리 둘이 하루 동안 마실 물을 보관한다. 물을 많이 마시는 날에는 한 병 더 끓여준다. 보리차를 끓여 마시는 건 귀찮은 일이지만 쓰레기가 줄어들고 당장 마실 물이 없는 때에도 걱정이 없다. 단수만 아니라면 언제든지 마실 물을 만들 수 있기 때문이다.

물병을 채우는 일에는 시간과 정성이 든다. 전기포트에 물을 가득 담아 끓인다. 물이 끓는 사이, 통보리를 담아

둔 유리병과 차망을 꺼낸다. 차망에 통보리를 3분의 2 정
도 채운다. 깨끗하게 닦인 유리병 입구에 차망을 걸쳐두고
끓인 물을 붓는다. 유리병 하나를 채우기 위해 전기포트 가
득 물을 두 번 끓여낸 다음, 나머지 병 하나를 채우는 과정
을 반복한다.

　물병 두 개를 채우기 위해서는 다른 일에 집중하기도
애매하다. 다른 일을 할라치면 물이 다 끓었다는 알림 소
리가 들리기 때문이다. 물을 끓일 때는 물 끓이는 일을 우
선으로 해야 한다. 다른 일에 집중하다 알림을 못 듣고 보
리차를 끓이는 중이었다는 것을 잊은 적이 한두 번이 아
니다. 그러면 차갑게 식은 물은 다시 끓여야 하는데 그
건 괜한 에너지 낭비다. 물이 끓는 동안 소파에 앉아 있거
나 그 앞에서 휴대폰을 꺼내 보거나 하며 시간을 활용해
본다. 알림이 들리면 다시 전기포트가 있는 주방으로 돌
아온다. 집이 작아서 소파에 있다가도, 작은방에 있다가
도 네 발자국이면 전기포트 앞으로 올 수 있다. 하지만 그
럼에도 물 끓이기는 귀찮은 일이다.

　하루 동안 마시는 물의 양은 날마다 다르다. 어느 날에
는 물이 반 병 정도 남아서 다음 날 아침에도 마실 수 있지
만, 어느 날에는 아침에 당장 마실 물이 없기도 하다. 새벽

에 깼을 때나, 아침에 일어났을 때 목이 마를 걸 대비해서 자기 전에 물병을 채워두기도 한다. 어젯밤에는 물병 두 개 모두 바닥을 보였다. 병 하나에 아주 조금의 물이 남아 있었지만 쏟아지는 잠에 취해 못 본 체했다. 나는 잠에 유독 약해서 졸릴 때는 현명한 판단을 하지 못한다.

♥

오늘 아침에 일어나 보니 두 병 가득 물이 차있었다. 남편이 내가 잠든 후에 물을 끓여 채워둔 것이다. 물을 끓이는 사람이 정해져 있는 것은 아니다. 내가 끓일 때도 있고 남편이 끓일 때도 있다. 누가 물을 끓이든 이상한 일도 별로 특별한 일도 아니지만, 아침에 마주한 보리차 두 병이 나를 위한 배려로 느껴졌다. 나는 아침마다 물을 마시는데, 만일 물이 없었다면 목이 마른 채로 물을 끓이고 식을 때까지 기다렸을지도 모른다. 남편은 이런 나를 잘 알고 있었다. 나는 물병에서 남편이 나를 생각한 마음을 보았다.

마음은 보이지 않는다. 그런데도 나는 집 안 여기저기에서 남편의 마음을 마주하게 된다. 남편은 다 쓴 화장실 휴지를 언제나 새것으로 바꿔준다. 나는 바꿔야 하는 걸 알아도 모른 체한다. 남편은 자기 전에 화장실에 걸려있는 휴지를 확인하고, 얼마 남지 않았다면 새것으로 갈아둔다. 매일

새벽 일어나서 화장실에 가는 나를 잘 알기 때문이다. 잠결에 화장실에서 당황하지 않도록 해준다. 이불 밖으로 벗어난 내 몸 위에 다시 이불을 덮어주고, 베개에서 벗어난 내 머리와 몸의 자리를 다시 잡아준다. 소소하지만 어쨌든 수고로운 일, 내가 모른 체하는 일, 귀찮은 일, 또는 미처 챙기지 못하는 일들을 남편은 묵묵히 해준다. 굳이 내가 할 수 있음에도 남편의 마음을 느끼고 싶어서 계속 남편 몫의 일로 둔다.

♥

마음이 보인다는 말은 세심한 마음뿐 아니라 지나쳐 버리고 싶은 무심한 마음들도 보일 수 있다는 말이다. 남편은 종종 내가 보인 마음에 서운해한다. 나도 남편이 보인 마음에 투덜댄다. 서운해하거나 투덜거리지 않을 수 있도록 서로 좋은 마음만 보이면 좋겠다. 사실 방법은 쉽다. 모든 순간 좋은 마음을 먹으면 되는데, 행동이 쉽지 않다는 게 문제다.

시간도 보인다. 언제 이렇게 시간이 흘렀냐고 말하지만 집 앞에 있는 헐벗은 나무만 봐도 시간을 알아차릴 수 있다. 앙상한 나뭇가지만 남아있던 나무가 새순을 내고 꽃잎을 틔운다. 꽃잎이 떨어질 즈음 새파란 잎을 내보이다 빨갛

게 노랗게 옷을 바꿔 입는다. 그러고는 다시 앙상해진다. 분명 1년이 흐른 것을 우리는 보았다. 어느새 길어진 머리카락에서, 어느새 닳아진 노트에서, 어느새 날아온 관리비 고지서에서 쏜살같이 지나가 버린 시간을 알아차린다. 하루마다 조금씩 더 편안해지고 안정감을 느끼는 우리 사이에서 쌓인 시간이 보인다. 우리에게는 시간이 만들어준 마음들이 있다.

지속 가능한 사랑

    2021년의 첫날, 남편과 떠오르는 첫 해를 보았다. 일출을 보기 위해 나가던 길은 아니었다. 새해 첫날 아침이라는 것을 잊은 상태로 산책에 나섰다. 걷다 보니 하늘이 조금씩 밝아졌다. 저 멀리 붉은빛이 새어 나오는 것을 보고 멈춰 섰다. 어둡던 하늘이 점점 밝아졌고 서서히 해가 올라왔다. 해가 솟아나는 자리에만 유독 구름이 몰려있어서 해가 보일 듯 보이지 않았다. 차가운 공기가 가득한 길 위에서 발을 동동 구르며 해가 우리에게 얼굴을 드러내 보이길 기다렸다. 멋진 장면을 기대하며 손에는 휴대폰을 꼭 쥐고 있었다. 놓치고 싶지 않은 그 순간을 담아두고 싶었다. 얼마

후 구름 사이로 밝고 붉은 커다란 해의 모습이 드러났다. 구름 덕에 더 멋진 모습이 만들어졌다. 선물 같은 새해 첫 일출을 보니 올해가 더 값질 것 같았다. 떠오르는 첫 해를 보면서 마음속으로 바랐다. 우리의 매일이 즐겁기를 소망했다. 더는 욕심내지 않고, 더는 바라지 않았다. 이룰 수 없는 소망이나 허황된 희망 같은 것은 감히 품지 않았다.

언젠가부터 나는 큰 꿈을 꾸지 않게 되었다. 나를 나아가는 원동력이라고 믿었던 큰 꿈이 나를 힘들게 하고, 지치게 만들고, 보잘것없는 사람처럼 느끼게 한다는 것을 알게 된 이후에 나는 나를 지키기 위해 큰 꿈을 마음속에서 내보냈다. 오늘 내 앞에 있는 일을, 이번 주, 이번 달에 해야 할 일을 무사히 끝마치는 것을 목표로 살았다. 나는 내게 주어진 시간을 성실하게 보내기 위해 힘썼다. 그 과정을 통해 내가 잘할 수 있는 일과 좋아하는 일을 찾았다. 나를 정말로 설레게 하고 신나게 하는 일을 하게 되었다. 해낼 수 있는 만큼의 귀하고 감사한 기회들이 생겼다. 꾸준함의 힘을 알게 되었고, 오늘과 내일을 온 마음 다해서 살아내는 것에 더 힘을 썼다. 마음을 다하기 위해서 지칠 때는 쉬었고, 놓고 싶을 때는 잠시 놓아두었다. 그리고 다시 일했다. 일할 마음이 생겨서, 좋아하는 일을 하고 싶어서 나는 다시 책상

앞에 앉았다.

♥

　내 마음을 들여다보고 듣는 일이 익숙해졌다. 내가 하는 일이 나를 위한 일인 게 좋았다. 좋은 마음이 가득해지자 우리의 사랑을 들여다볼 여유가 생겼다. 나와 네가 함께 살아가는 이 집을 바라보며 자주 고민했다. 이 사랑과 이 관계와 이 일상이 온전히 우리를 위한 일이기를 바라게 됐다. 우리가 함께 보내는 시간이 버겁거나 힘들지 않기를 바랐다.

　지난날 우리는 하루도 빠짐없이 즐거웠고, 사랑했고, 행복했다. 하지만 그게 전부는 아니었다. 그 옆에는 우리가 다툰 시간과 서로에게 상처 줬던 나날, 다가오지도 않은 미래에 낙담하던 어두운 감정도 있었다. 밝은 면과 어두운 이면을 매일 반복했지만 언제 그랬냐는 듯 다시 회복했다. 결혼 생활이 매일 좋을 수는 없었다. 당연히 우리는 수도 없이 다퉜고, 서로에게 맞추기 위해 노력했다. 나는 가끔씩 이 생활을 벗어나고 싶어 했다. 누군가를 위해 희생할 준비가 되어있지 않고, 그럴 마음도 없었던 것 같다. 그럼에도 도망치지 않고 머물렀던 이유는 사랑 때문이었다. 내 옆에 있던 사람이 좋았고, 그 사람 옆에 있는 내가 좋았다.

사랑이나 행복 같은 내가 아는 대부분의 따뜻한 것들은 쉽게 얻어지지 않는다. 쉽게 얻어지는 것은 쉽게 사라지고 쉽게 놓쳐버리게 된다. 나는 부모님이 넘쳐나는 사랑 중 남는 것을 나에게 나눠 준 게 아니라는 걸 이제는 알고 있다. 부모님이 내게 주었던 사랑은 불안하고 여린 마음속을 샅샅이 뒤져 겨우 찾아낸 것이고, 끝없이 바라기만 하던 나에게 자신의 마음이나 삶을 돌볼 틈 없이 통째로 내놓은 것이다.

내가 받은 무조건적인 사랑을 다른 누군가에게 되돌려 줄 수 있을지는 장담할 수 없다. 하지만 나는 내가 선택한 한 사람과 우리의 관계를 지켜내기 위해, 계속 사랑하기 위해 노력하고 있다. 이제는 사랑이라는 이름 뒤에 숨겨진 것들이 보인다. 나는 우리의 사랑을 지속하기 위해서 필요한 것들을 매일 배운다.

♥

나는 더 단단한 사람이 되고 싶다. 혹시라도 우리 두 사람 중 한 사람이 조금 지치거나 멈추고 싶을 때, 힘이 되어 주고 끌어주는 사람이 되고 싶다. 언젠가 둘 중 누군가가 다른 한 사람을 업고 달려야 할 상황이 찾아왔을 때, 피하거나 물러서지 않는 사람이 되고 싶다.

아무래도 나는 앞으로 더 바쁠 것 같다. 나를 사랑하는 일도, 내가 좋아하는 일도 계속 해나가야 하고, 사랑하는 사람을 사랑하는 일도, 우리의 관계를 지키기 위한 일도 빠짐없이 해야 한다. 나는 오래도록 지속 가능한 사랑을 위해 오늘도 성실히 살아간다.

하나보다 가벼운 둘이 되었습니다

1판 1쇄 인쇄 2021년 11월 2일
1판 1쇄 발행 2021년 11월 10일

지은이 에린남
펴낸이 김영곤
펴낸곳 ㈜북이십일 아르테

책임편집 김연수 **교정** 김지은 **디자인** 오혜진
아르테본부 문학팀 김유진 임정우 김연수 원보람
마케팅2팀 엄재욱 이정인 나은경 정유진 이다솔 김경은
출판영업팀 김수현 이광호 최명열
제작팀 이영민 권경민

출판등록 2000년 5월 6일 제406-2003-061호
주소 (10881) 경기도 파주시 회동길 201 (문발동)
대표전화 031-955-2100 **팩스** 031-955-2151 **이메일** book21@book21.co.kr

아르테는 ㈜북이십일의 문학 브랜드입니다.

ISBN 978-89-509-9803-5 03810